流砂《りゅうさ》

黒井千次

講談社

流砂

装丁　鈴木正道

1

庭に面した幅広い廊下に置かれた安楽椅子に、父親はいつものように収っていた。とはいえ、背凭れに上体を預けて寛ぐというより、どこか一点を尖らせたまましばし休んでいるように息子には見えた。

廊下ではあっても部屋につながる通路ではなく、南に向いて開いたサンルーム風の空間だった。突き当りの扉を開ければ隣の書斎にはすぐ入れたが、そのためには北側に普通の造りの廊下があるのだから、この場所はやはり移動するための通路ではなく、父親の書斎が出張ったその一廓であると考えるほうが良さそうだった。

椅子の脇の小さな木のテーブルにはきっちり四つ折りにされた朝刊がのせられ、そのすぐ脇に鼈甲の太いフレームの読書用眼鏡が置かれている。畳んで置かれているのはもう半世紀以上朝日新聞と決められており、子供の頃からそれを見て育って来た息子には、家の外で目に触れることのある他紙は、新聞とは別種の大判の印刷物か包装用の紙の如きものと思われるほどだった。

その新聞と眼鏡は、家に居る時の父親にとっては常に身近になければならぬものだったが、実際に両者が役に立つ時間は、以前に比してかなり短くなっているように感じられた。同じ敷地内の隣家に暮す息子が、自分の家への出入りの度に庭越しにちらと目をやって幅広いガラス戸の中を窺う折に、そこに安楽椅子に収る人の姿はあっても、身体の前に大きく開かれた新聞の影の認められるケースは次第に減っていた。

長く続いた役所勤めを離れて家で暮すようになってから、父親が新聞に触れる時間は一層長くなり、同じ記事を繰り返し読んでいるのではないか、と疑うこともあったくらいだが、今は再び事情が変りつつあるようだった。何かが少しずつ父親の体内から退いて行く気配が伝わって来るのに息子は気づいていた。

今でも天候に恵まれた日の午後、気がつくとハンチングを目深に被り、握りの端に銀製の葡萄の一房の飾りがついた太めのステッキを手にして短い散歩に出かける父親の後ろ姿を見かけるのは必ずしも珍らしくはないのだから、それなりの体力も気力も温存している様子ではある。

つまり、行ったり来たりを重ねながら父親はここまで来たのであり、小さな窪みを跨いだり、微かな傾斜に挑んだりしつつ、結局は長い下り坂を降りているのだろう、と息子は想像する。そして九十代にかかっている父親の年齢を考えれば、いつ何が起ってもおかしくはないのだ、と息子は自分の歳を棚上げして考える。

事実、八十代の半ば頃と九十代にかかってすぐ、父親は二度倒れて二度とも救急車でかかりつけの病院に運ばれた。家に居たためにいずれの折も息子は救急車に同乗して病院まで父親に付き添った。二度の異変は急性のものであり、短い期間の治療の後退院が許されたが、歳を考えればあれが悪性の疾患の表れであったとしても不思議はなかったろう、との想像はしばらく息子を捉えて離さなかった。と同時に、今や七十歳を越えた自分であるのだから、救急車のベッドに載せて運ばれるのがこちらであってもそれもまた不思議はないのだ、と我が身を振り返るようにして息子は小さく息をついた。遠い先を歩いているとばかり感じられた父親の後ろ姿が、いつの間にか手の届きそうなすぐ前にあることに息子はたじろいだ。

だから、その父親がサンルーム風の広い廊下の安楽椅子にも坐らなくなる前に、父親に申し入れて渡してもらいたいものがあった。それは記憶の中に幾度か現れたり消えたりして来たものであり、今でも父親がいない折に書斎でも探せばさほど苦労もせずに見つけ出せるのではないか、と思われた。

息子はしかし、それを勝手に引き出すのではなく、父親の手から直接渡してもらいたかった。儀式ばるつもりはなかったが、父親が渡したぞと認め、息子が受け取ったと感じた上でそれは息子の手に納まるべきものだった。心理的手続きとしての過程はしっかり踏んでおきたい、と息子は望んだ。

どうですか、という挨拶は滑らかに息子の口に出た。病人を見舞う時のようだ、という微かな後ろめたさの影が彼の内を掠めた。その波に乗るようにして、変りはないよ、という父親の返事を躱した息子は言葉を継いだ。

——昔の話だけれど、ぼくがまだ子供の頃にね、親父さんが書いたものがあったでしょう。

——書いた？　どんなものを？

——だから、論文というか、報告というか。

——仕事の話か？

——確か、役所の内部資料といった類のものだったように思うけど。

——あったよ、いろいろと。

父親はかけていた鼈甲縁の眼鏡を外し、裸の顔を息子の目に晒しながら鼻梁の上を指で揉んだ。

——そうではなくて、一番長い奴。

——長い奴……あれか。

――そう、一冊の本くらいの厚さがあった。

――どうするんだ？

――読んでみたい。昔のものではあるけれど。

答えながら息子は自分に向けて小さく頷いた。これまで幾度かそんな気持ちになったことはあったけれど、面と向って父親に訊ねたり、頼んだりしたことは一度もなかった。

――探してみよう。どこかに一、二冊はとってある筈だ。

意外に素直に父親がこちらの頼みをきき、望みを受け入れてくれたことに息子は驚いた。半世紀以上も昔の自分の仕事は、もはや今に繋がるものではなく、物好きな観光客に見せるために陳列ケースに飾られているようなものだ、とでも思っているのだろうか。父親の対応に息子は戸惑いを覚えた。過去を気にするとか、今に居直るとかいうのではなく、自分自身があたかも観光客の一人になったかのように振舞う父親を眺めるのは、息子にとって初めての体験だった。もしかしたら、自分が独り相撲をとっていただけなのかもしれない、と考えると、この話を持ち出すことへの気兼ねや遠慮のために、父親に自分の願いを言い出せなかったのがひどく間の抜けたことに思われて息子は口唇を噛まずにいられなかった。

――おや、来ていたの。あなたのお茶もすぐ持って来るわ。

書斎を抜けて奥の扉から現れた母親が、盆にのせた大振りの湯呑み茶碗を安楽椅子の脇の新聞がのせられたテーブルに置きながら息子に呼びかけた。父親となにか秘密の話などをしていたわけではないのに、急に現れた母親がなぜかひどく場違いな人であるように息子には感じられた。

――いいよ、もう帰るから。

母親に捕まって話の長くなることを恐れた息子は、腰かけていた椅子から膝に手を突き弾みをつけるようにして立ち上った。

――あんた、また腰がおかしいの。

目敏くその動作に気づいたらしい母親が質した。

――大したことはない。それより膝の具合はどう?

――これはもう、治らないからね。今よりひどくならなければ、いいとしなくては。

膝の辺りを軽くさすった母親は空の盆を提げて書斎の扉に消えた。厚手の茶碗を手にした父親は、二人のやり取りから身を避けるようにして庭の芝生に目をやっている。

――ここでさ、大昔に写真を撮ってもらったことがあったよね。芝生の上で。

父親の芝生に向けた視線にふと引き出されるようにして息子は声をかけていた。

――そうかね。

さして興味なさそうに父親が応じた。

――おそらく七十年くらいは前のことだけど。芝というのはしかしそんなに長生きするものかな。戦時中に、防空壕を造るために一度地面を掘ったから、戦後にまた植えなおしたのか……。

父親の反応は前と変らず鈍かったが、話し続ける息子の内側では、自分の言葉に乾いた地面が割れ、そこからほっくりと薄緑色の幼児の姿が現れたかのような光景が呼び出されていた。

――今でもあるよ、子供の頃の写真を集めた自分のアルバムのどこかに貼ってある。一時期、親父さん写真に凝っていたでしょう。

微かに頷く父親は、表情も変えぬまま庭の芝生から目を離さない。あれは見ているのではなく、たまたま視線がそこに向いたまま動かなくなっているだけなのかもしれぬ、と考える息子の内には、それとは反対に妙に生々しく幼い子供の影が浮かび上って消えない。

セーターの上に片側だけボタンのついた上着のようなものを着て、半ズボンに毛糸の靴下を穿いた幼稚園児ほどの坊っちゃん刈りの男の子が芝生にしゃがみ込み、自分の頭より二まわりは大きそうなボールに両手をそえて少し首を傾げ、カメラの方に目を向けている。ボールには縫い目があるがそれは形だけ作られたもので、本当はサッカーボールを擬したゴム製の子供用の品なのだろう。いかにも言われたままの姿勢をとろうと努めている様子の幼児の顔に笑みはなく、愛らしさよりわざとらしさの方が目につくモノクロの一葉だった。

特別気に入っている幼年時代の写真というわけではなかったが、同好者達の写真展にでも出品したのか、それだけが大きく引き伸ばされて厚紙に張られていたために記憶に残っていた。そのくせ、実際に保存されているのはアルバムにあるサイズの小さな一葉だけで、引き伸ばされたものはその後見かけたこともなく、戦争末期の疎開の際などに他の荷物に紛れて失なわれてしまったようだった。

写真の右上隅には、木戸かと思われる白い格子が点景の如く浮かんでいたような気がするのだが、実際にそんなものがあったのか、それとも記憶の遊びとでもいったもののせいなのか、そのあたりもはっきりしない。

突然芝生の上に幼虫を思わせる着膨れた子供の姿が芋虫に似た印象で湧き出て来たのは息子自身にとっても意外だったが、それは庭の芝生に注がれていた父親の視線を追ううちに発生した事態なのかもしれなかった。

当時愛用していたらしいジャバラのついたイーストマン・コダックのカメラを構え、ファインダーを通して自分を覗く父親はその頃幾つくらいであったろう、とふと考えた。

先刻、大昔に父親が書いた筈の長い報告書やまとめた資料を見せて欲しい、と頼んだために、当時の父親の姿が浮かんで来てしまったのだろうか。

子供が幼稚園に行くか行かぬかの年齢であったとしたら、父親は三十代にようやくかかった頃か。としたら、それは息子が読んでみたいと望んで先刻口に出して頼んだ、その仕事に打ち込んでいた時期より若干前であったかと推測される。息を詰めて机に向っているような時間を過した後、芝生の上でポーズをとらせた息子の写真を撮ろうとはしないのではあるまいか。それにはもう少し穏やかに流れ続ける日常の時間が必要であったに違いない。

では日常の時間の中であったなら、父親はどんな気持ちで芝生に立ち、子供のどのような姿を写真に収めたいと望んでカメラを対象に向けたのかを知りたかった。少なくとも自分には、ポーズに注文をつけて子供達の写真を撮った記憶はなく、こちらがそんな注文を発する前に相手の方が勝手にピースサインを出したり、おどけてゲラゲラ笑い出したりするのが常だった。だから芝生の上の写真はやはりよそゆきのもので、父親の展示作品を生み出すために小さな息子が協力したスナップだ、とでも考えておきたかった。

先刻から黙って庭の芝生を見つめている父親の頭に今あるのは何なのだろう、と想像を巡らせながら、息子は母親の淹れてくれた濃い煎茶を啜った。息子に求められた古い資料のことが気にかかり、それをどこにしまったか、と父親は頭の中をあちこち探し廻っているのだろうか。それとも、先刻の息子の頼みなどとうに頭にはなく、芝生の上の遠い幼児の影なども ちろん記憶の隅も掠らず、全く別の目には見えない何かが流れる様を漠然と目で追っているだけなのか。

母親の淹れるお茶にはうちで飲むのとは別の濃い味がある、と感じながらガラス戸の外に息子が目を上げると、庭づたいに近づいて来る妻の姿が見えた。夫を認めると電話の白い子機を振り上げ、反対の手でそれを指さしてみせた。ガラス戸を開けた夫の手に子機を手渡しながら、園部さんからお電話よと告げた妻は、母親に声をかけられて一瞬躊躇った後、沓脱ぎにサンダルを揃えて広い廊下に上った。

寒いわね、と呼びかける母親の声と、それでも今朝白菜漬けたんですよ、と応ずる妻の声を等分に聞きながら、息子は手にした子機を耳に当ててガラス戸に向き合った。聞き覚えのある掠れ声が、以前より一層早口になって耳の中を走り抜けるのだが、言葉の角が欠けてしまっているようで話がうまく摑めない。幾度も聞き直すうちに、昨年亡くなった高校時代の友人に関する話であるらしい、とようやく見当がつき、更に当人の書き残した文章が出て来たのでそれを中心に追悼文集を出そうという計画のあるらしいことがなんとか理解された。

――わかった。俺にも出来そうなことがあればやるよ。

話を聞くのに疲れ、深く考えもせずにただ電話を終えたいと願い、協力するから、と答えてようやく相手から解放されると、息子は大きな息をついてサンルーム風の廊下を振り返った。

――ぺたんと坐った方が温いですよ。

床に張りつくようにして坐っていた妻が、崩した膝の脇を掌で叩いてみせた。そこに絨毯が敷かれているのだが、その下に電気カーペットが広がっている様子であるのに息子は言われて初めて気がついた。

――立つ時に苦労しそうだな。

頷きながら息子は坐っていた椅子の上に白い子機を置いてから、絨毯の上にゆっくり腰を下した。

――何か面倒な電話でした？

子機の方にちらと目をやった妻が訊ねた。

――死んだ手島のね、追悼文集を出そうとかいう話だった。

――あら、手島さん、亡くなったの？

横から母親が口を挟んだ。

——言ったじゃないか、もう一年くらい前になるけれど。

——聞いたかねえ。うちに来て夜の御飯一緒に食べたことのあるあの子でしょう?

——そう、高校の頃、停学処分を食らって行き場がない時に幾度かうちに来た。だけどあいつ、最後は、大手機械メーカーの重役になっていたんだよ。

——亡くなったの……。身体の大きな、丈夫そうな子だったのに。

——どこかの癌で、みつかるのが遅かった。

学校時代の友人は、妻より母親の方が遥かに親しかったことに息子はあらためて気がついた。死んでから自分の追悼文集が出されたらどんな気分のものだろう、と息子は首を傾げた。本人は喜ぶのだろうか、お節介が迷惑に感じられることはないのだろうか。自らも血圧が高く、二、三年前の冬には倒れた園部なのだから、余計な仕事に手を出して無理しなければいいのに、と息子はむしろ園部の健康を気づかう気持ちが強かった。

——あの電話で、よく園部だとわかったな。

息子は妻を振り返った。

——違う。早口でつっかえて誰だか聞き取れないから、園部さんだとわかったのよ。

そういえば、手島の葬儀の世話を焼いていた園部から、前に幾度か電話連絡のあったことを息子は思い出した。高校から大学まで一緒に進んだ仲間であったために、いつか世話好きな園部が頼りにされて連絡の中心の役を果すようになっていた。仲間の面倒を見てくれるのはいいが本人の健康は大丈夫なのか、という心配がここ幾年か園部につきまとって消えなかった。

三人のやり取りから外れてぼんやり庭を眺めていた父親がしつこく長い咳払いをした。咽喉がおかしいか、お茶を飲むか、と母親が訊ねたがすぐ立ち上る気配もなく、ただ言葉をかけただけの様子だった。私が淹れます、と妻が床に両手をついて立ち上った時、キッチンの方でチャイムの鳴る音が聞えた。私が行きます、と母親を抑えた妻が、家の中の空気に向けてはあい、と応えながら玄関に出た。

――少し山の家に移したものがある筈だが、あれは確かここにあったと思うな。

先刻の頼みがそのまま残って父親はずっと頭の中でそれを探し続けていたのか、と気づいた息子は驚いた。案外気安くこちらの望みを受け入れてくれた父親は、もう何十年も昔の戦前の仕事のことなど関心が薄れ、記憶の外に弾き出してしまったのか、と想像したのだが、そうではなく、息子がぽとりと落した願いの滴は父親の中で意外に早く溶け拡がって、淡い波紋でも描き出しそうな気配を生んだのか、と息子は思い直した。先刻来の庭を眺めての父親の沈黙が、急になにやら重い波となって押し寄せる予感に息子は戸惑った。

――急がないよ。ついでであったらみつけてくれればいいんだから。

慌てて弁解する口調で息子は答えた。

――何か探し物ですか。私が見ましょうか。

母親が横から口を挟んだ。

――お前にはわからない。

――自分ではもっとわからないでしょうに。

――いや、出て来た時でいいのだから。

父と母との言い合いの間に言葉を押し込みながら、息子は玄関での妻と客とのやり取りにも注意を向けた。配送された荷物を受け取るにしては時間がかかっている。よろしくお願いします、と張り上げた客の声がそこだけ耳に届いた後、小さな紙包みを手に戻って来た妻によって探し物の話は打ち切られた。

――前の小池さんのおうちの工事の御挨拶でした。

妻はタオルが一枚はいっているらしい白い紙包みを母親に渡しながら答えた。

――小池さん？　あのおばあさんが見えたの？

――いえ、建築会社の人。工事関係の車がしばらく出入りするのでよろしくお願いしますといって……。

――建て直すのかしらね、古い家だったから。

母親は庭木に遮られて何も見えない小池家の方に顔を向けながら呟いた。

——主人公はあの家に住んでいるのか。

ようやく探し物の話題から抜け出て来た様子の父親が誰にともなく訊ねた。

——そういえば、しばらくあのおじいさん見ないな。

——いっとき、入院しているという噂は聞いたけどね。

——うちの子供達がまだ小さな頃、前の道で野球するとビニールのカラーボールが小池さんちの庭に飛び込んで取れなくなってさ、門からはいるのがいやだから諦めたままでいると、月に一回くらい、ポリバケツに入れた赤や黄色のボールをまとめて届けてくれて、恐縮したよな。小柄なおじいさんだけど、良い人だよ。

息子は確かめるように妻を振り返った。

——おばあさんは、少し怖い感じの人だけどね。

——うちと似ているか。

息子は悪戯っぽい笑いを浮かべて妻に応じた。相手の顔に微かなうろたえの影が走るのを見ると笑いは一層濃くなった。

——うちというのは、うちのこと？

窪めた掌で自分の胸を叩きながら妻が問い返した。

——そう言っているだろ。

ゆっくり頷きながら、息子はちらと親の様子を窺った。母親は何も聞えなかったかのような表情で手の中の湯呑み茶碗に目を落し、父親はまた前と同じ顔に戻って庭を眺めている。古い家の解体工事が始まるらしい小池家の庭がどんな姿のものであるか、息子は一目見てみたい、と望んだ。分厚く茂った柊の生垣に堅く阻まれて道から中は見えないのだが、やはり庭のどこかには芝生があるのだろうか、と想像する。あったとしたら、その芝の中央部にもやはり幼虫のような着膨れた幼児が一人、ボールを抱えてひっそりとしゃがみ込んでいそうな気がしてならない。なんの根拠もない妄想と承知していても、息子はやはり幼児のいるそんな光景に出会いたかった。

2

まだ八時を過ぎたばかりであるのに、突然甲高い音が立ち上ってあちこちと移動し始める様子に息子は驚いた。どうやらエンジン音であるらしいと見当がついても、道路工事か水道やガスの管でも埋めなおす作業のための騒音なのかがわからず、彼は家の外を窺った。

聞いていると音は最初鈍く始まり、次第にそれが高まって頂点に達するとはたと止み、また少し別の場所から別の音が立ち上る。

——何が始ったんだ?

キッチンの流しの前で朝食の準備をする妻に声をかけながら、返事も聞かずに彼はリビングルームのガラス戸を開けて音の方角に顔を向けた。弧を描くように高低を繰り返す音は、白いトラックが一台停っている道からではなく、それを横切った奥の辺りから立ち昇っているらしい。

――小池さんかね、あれは。

妻が何を言ったか聞えなかったが、彼は音の切れ目に辛うじて言葉を挟んだ。

――建築会社の人が、タオルを持って挨拶に来たじゃありませんか。

レタスとトマトののった皿をテーブルに運んで来た妻が微かに苛立ちの滲んだ声を返した。

――うちに来たのではなくて、あれはおやじの所へ来たのだろ。

妻の言葉そのものより、口調に反発して彼は言い返した。

――うちへの挨拶も兼ねていたのよ。

――それならタオルは？　隣で受取ったのは一枚だろうが。

妻の答えに刺戟されて彼は思わず言い募った。

――うちの分は、ちゃんとこっちの郵便受けに入れてありましたよ。

――よくわかったな、二世帯の郵便受けの違いが。

彼は負け惜しみの言葉を妻に投げてガラス戸から庭へ出た。どこへ行くの、お食事ですよ、と咎める妻の声を無視して垣根に近づいた。道に向けて首を伸ばさなくても、生垣の上に頭を出して見える小池家の庭木の天辺が小刻みに揺れ続ける光景が目にはいる。電気鋸の甲高い音が止んだと思った時、白木蓮の梢が向うに傾いてゆっくり視界から消えた。

古い家屋の解体や家の建て直しだけなら庭木まで伐採する必要はないだろうに、と恨みを覚えつつ彼は家の中に引返そうとした。葉を落した満天星《どうだんつつじ》の直立する細い枝の群れの向うに、老親の暮す家のサンルーム風の広い廊下が見え、ガラス戸の中から安楽椅子に坐った父親がこちらにゆっくり手を挙げる姿が目にはいった。呼ばれているのではないらしい、と判断した息子は父親に向けて軽く手を振り返し、朝の食卓に戻ろうとした。意図してそうするつもりはなかったが、食事の直前になると必ず居なくなる、と日頃妻に言われていることが頭を過った。料理が冷めてしまう、と小言をいわれるのが常だった。

――樹を伐っているのでしょ。

思ったより穏やかな声で妻がキッチンの中から確かめた。

――あの白木蓮の大きな樹が、伐られたよ。

口に出してそう言うと、春が来て一斉に花が開いた時、まるで枝々の先に無数の白いハンカチでも掛けたかのように樹全体の眩しく輝く姿があらためて目に浮かんだ。

――古い樹だったのでしょうにね。

――俺が子供の頃からあった。だから、俺より歳上なのではないか？

そう言ったとたん、何かとんでもないことが起っているのではないか、という不安が急に胸のうちに膨らんだ。小池家の誰の意志か知らないが、気のつかぬうちに大切なものがそっくり失なわれようとしている。まさか、子供達が庭に入れてしまったカラーボールを月に一回ほどの間隔でポリバケツに入れて届けてくれたあの小柄な老人が指示して職人が伐採にかかったのではあるまいな、と彼は湧いて来る疑問を潰すようにして考えた。むしろ、あの老人は健康を損ってどこかの病院か施設にでもはいってしまい、一族の誰かがかわりに古い家屋の解体や庭の整備などに乗り出したのか、と想像するほうが自然なように思われた。あの大きな白木蓮は、自分の中にも生えていたことに彼はあらためて気がついた。だから、小池家の庭で白木蓮が伐られて根が掘り返されるとしたら、自分の内にも播り鉢に似た形の穴が生れ、そこから一塊の湿った時間がごっそりと失われるのかもしれなかった。

——なんか、辛いな。

——冷めますよ。

スクランブルエッグの皿を押し出して妻が言った。

——あのおじいさんが簡単に古い樹を伐るとは思えないがな。

——居なくなったのかしらね。

——入院でもしてか？

——病院よりもっと遠くへ行ってしまったか。

――それならしかし……。

鳴り出した電話で彼の言葉は遮られた。朝のこの時間にかかって来る電話は、ほぼ発信人が決っている。予想した通り、それが長男の嫁からであるらしいのは、応対する妻の口調からすぐに見当がついた。そして日とか曜日をめぐるやり取りから、用件の内容を推測するのは容易だった。キッチンの冷蔵庫の脇にとめられているカレンダーの赤い数字を指さして、妻が大丈夫か、と顔で訊ねている。親指と人差指で円を作って彼はゆっくり頷いてみせた。今度の日曜日に長男夫婦と二人の孫とが遊びに行ってもいいか、との相談と確認であるのは確かめるまでもなかった。電話を替るから、あなたが直接頼みなさい、という言葉とともに妻から渡された子機の中には、少し嗄れ声の上の孫がはいっていた。小学校の宿題で、祖父か祖母から子供の頃の話を聞き、それを作文に書いて提出せよと言われている。だから何でもいいから話してくれ、と孫は早口に告げた。

――ババじゃなくて、俺でいいのか？

――ジジでいい。

――ここに来れば、オオジジも居るぞ。

――ああ、いや、ジジでいい。

――俺の子供の頃といえば、戦争中の話だぞ。

——え？　戦争に行ったの？

孫の声の調子が変った。

——いや、逃げたんだよ。ちょうどお前くらいの年で、東京が空襲されそうになったから、山の中に疎開した。集団疎開といってな、学校のクラスがそのまま長野県に移ったんだ。夏休みの合宿みたいに。

——楽しかった？

——とんでもない。食べ物は少ないし、寒いし、嫌な奴がいても一日中同じ部屋で暮しているから顔を突き合わせないようにすることも出来ないんだぞ。

——それでいい。その話を聞きに行くから。

予想もしていなかった答えにぶつかったかのように孫は声を弾ませた。

——それなら、スーパーのオモチャ売場でゲームをしたり、おかしなカードを買いに行くのではなくて、ちゃんと宿題をしに来るんだな。

——あ、カードも行くよ、欲しいのあるから。

言いたいことだけ伝えると、孫はさよならも告げずに電話を母親に渡したようだった。

すみません、朝から面倒なお願いをしたみたいで、と嫁の挨拶する声が子機に溢れた。

——ちょうど小学校の終る年で、集団疎開に信州の方に行ったから、そんな話をしてやることにした。

――いいですね。テーマにぴったりでしょう。

――君達には疎開の話なども一切関係なしか。

言いながら、学校の名称を戦時中の「国民学校」という呼び方ではなく、今と同じように「小学校」という呼び名で口に出したことに彼は微かなこだわりを覚えた。同時に、どこかで時間の軸がぐにゃりと折れ、孫の視点から見れば、両親も祖父母も子供であった時期は同じように今からは遠い過去なのだ、と感じるといきなり時代の区分が混乱した。

――お父様、私達は戦後生れですよ。

笑いを滲ませた声が白い子機の中にふくらんだ。

彼は慌てて長男の出生時のことを思い浮かべようとした。記憶は穏やかに遡って、東京オリンピックの開催や東海道新幹線の開通などに辿り着く。幼い長男を胡座を組んだ脚の中に坐らせてオリンピックのテレビ画面を一緒に観た憶えがあるのだから、彼等夫婦が空襲や疎開を知っていよう筈がない。

――若いんだな、まだ。

――もうすぐ四十代です。

母親らしい張りのある声が笑って電話は切れた。

——というわけだ。

コーヒーカップを両手に持ったまま、窓から外に眼を向けている妻に彼は呼びかけた。気がつくと電気鋸の音は消えている。

——何か頼まれたの。

——宿題のテーマがね、ジイサン、バアサンの子供の頃の話を聞いて作文を書くことなんだとさ。

——ジイサンとかバアサンとかいう呼び方、いやだわね。

——年寄りだから仕方がないだろ。

——品がないわ。

——俺は別に、気にならないが。

——言っておきますけどね、私は嫌いだわ。

コーヒーのカップを呷ってキッチンに立った妻は、あの子達、何時頃来るのかしら、とそれまでとは違った声で呟くと流し台の水を勢いよく迸らせた。電気鋸の甲高い音のかわりに、低い短い音が地を這うように断続して伝わって来る。

仕切直しするような気分で、彼はベランダにあるサンダルを突掛けるとまた庭に出た。日は差しているが空気は冷たく、先刻よりむしろ寒さは増した感じがする。砕石を敷いた狭い通路を踏んで門に近づくと、飾りのある柵の形をした鉄の門扉越しに道路が見えた。昔に比べて明らかに勢いの悪くなった小池家の檜葉の生垣につけて白い小型トラックが一台停められている。横腹に業者名の書かれた、運搬車というよりむしろ作業車に近いトラックだった。まだ積んだままらしい土木用機器の頭が荷台の縁から覗いて見える。

人影でもあればさりげなく挨拶の声でも掛けてみるつもりで車に近づいたが、運転席にも荷台の周囲にも職人らしい影はなく、生垣の奥の方から何かの動く気配が伝わって来るだけだ。茂みに粗密のまだらが生れて生垣にきめの細かさが失なわれ、無理すれば庭の中を覗けそうな気がするのに、垣根の内側に張られた金網に沿って一列、青木が並んで植えられているらしく視線を遮っている。

門の扉が開いていればそこから中を窺えるのに、と考えた彼が小型トラックを廻り込んでみようとした時、生垣と木の門との間に道から僅かな窪みが作られ、そこに漆喰ふうの黄味を帯びた短い塀のようなものが立っていることにあらためて気がついた。門の正面ぎりぎりに寄せてトラックが停められていたために、その辺りの視界は閉されていた。

右側の塀の上部には「小池兵之輔」と黒い字で横書きにされた瀬戸の白い表札が埋め込まれている。なぜかその名前は、庭で拾い集めたカラーボールを届けてくれる小柄な老人とは結びついていなかった。しかし角が丸みを帯びたその瀬戸の横長の表札は、子供の頃から見慣れて来たものに間違いはない、と思われた。苗字だけならともかく、名前まではいった表札の場合、もし主の代が替ったら表札の名前もそっと入れ替ることがあるのだろうか、と彼は疑った。

ビスケットのような形をした瀬戸の横長の表札が記憶の底に残っているのは、あのつるりとした独特の感触が指先にこびりつくようにして残っているからだろう、と彼は推測した。

停められたトラックの脇から首を伸ばして表札を見つめなおしていると、心残りの溢れた後悔のようなものが身の内から這い出して来るのを彼は抑えられなかった。それはしかも一度だけではなく、まだ間に合う、まだ間に合う、と掛け声でも投げるかのように彼の内を駆け廻り、やがて、もう遅いか、とようやく諦めの呟きが洩れて来るのを認めざるを得ないといった、気持ちの動きだった。

あれも父親の撮った写真が絡んでいる、と息子は舌打ちするようにして思い返した。庭の芝生の上で幼い媚を売るかの如くボールに両手をそえたままカメラを見つめている子供の表情が撮られた時期と前後して、別のもう一枚の写真が撮影されていたことを息子は覚えていた。そちらには子供の顔は写ってはいなかったが、後姿であるだけにかえって情感の漂う印象が強かった。

白黒の少しピントの甘い画像の中には、明るい塀に向って爪先立ちとなり、辛うじて手が届くか届かぬかの高さにある瀬戸の表札に向けて懸命に指先を伸ばしている子供の姿があった。表札に書かれた文字までは記憶になかったが、おそらくその名前は「小池兵之輔」であったに違いない、と彼は思いたかった。年齢の上からみてその名前が小池家の表札に書かれていたか否かには疑問があったが、なぜかそれはずっと昔から「小池兵之輔」のままであり、父親が写真を撮った昔も、庭木が伐り倒されている今も、そして表札のあった塀自体が残されるか否かもわからぬこの先も、やはり「小池兵之輔」のままであって欲しい、と願う気持ちが彼には強かった。

そう望むのは、幼い自分をモデルに塀に埋められた表札に向けて懸命に手を伸ばす子供の写真を父親が撮ったのと全く同じようにして、今度はそれと似た年齢に達した長男をそこに立たせた同一構図の写真を撮ってみたい、と思い続けていたからに違いない。そうすれば、同じ表札に向けて背伸びし片手を思いきり上に挙げたポーズの子供の写真が、親子、また親子と二代にわたって続けて残されることになる。今度遊びに来るという長男の家の孫をそこに立たせて長男が写真を撮れば、三代にわたって同一構図のスナップ写真が出現することになる。

それが稀にみるほど貴重な出来事であるか、反対に特別の意味など全く見出せない日常の断片に過ぎぬ三葉の写真があるだけの話に終るのか、彼には判断がつかなかった。

しかも、実際に存在する写真は父が七十年ほども昔に息子を撮った一葉があるだけで、二代目、三代目のスナップは存在しない。近いのだからいつでも写真は撮れる、と油断するうちにいつか息子は小学校を卒業して父親を追い越す背丈となり、表札を見おろす身体となっていた。ある時ふと思いついた、時間を生け捕りにするという連続写真の企みは、彼の怠慢によって実現の機会を永久に失ってしまったのだった。そして、小池家の庭の樹木が次々と伐り倒され、次第にそれが生垣へと迫り、やがては門の両側に作られた漆喰ふうの短い塀にまで及んだ時、「小池兵之輔」の表札が塀ごとそっくり消えてしまう恐れは十分にあった。

トラックの前に廻って覗き込んだ目に、珍しく両側に開いた門扉の間から庭の一部が覗いて見えた。庭というよりそれは倒れた樹木と掘り返された土の凹凸との重なり合った混乱の光景に見えた。その中から裾の大きくふくらんだズボンを穿いて頭にタオルを巻いた若い男が出て来るのを見ると、彼は挨拶の言葉を投げた。

——大変でしょう、樹が古くて大きいから。

突然話しかけて来た茶色いカーディガン姿の年寄りがどういう人物なのか、応対に戸惑う表情を見せて相手は曖昧に頷いた。

――生えている樹は全部伐ってしまうのですか。

年寄りは、手を挙げて視線の届かぬ庭の奥を掻き回すような仕種を示した。

――機械がまだ揃わないからね。

――その古い家は解体して、建て替えるわけ？

――さあ、俺達の仕事は庭だけ。

――家主さんはまだここに住んでいたのかな。

老人は雨戸が立てられたままの古い平家を振り向いた。

――空っぽなんじゃないの。

――そうするとさ、生垣に続いて門の両脇にある短い塀みたいなとこ、あれも潰してしまうのか……。

――わかんね。

うるさそうに答えながら、若い職人はあちらに訊けとでもいうかのように庭の奥を振り向いた。

――いや、いつも見てきたものが目の前から急に無くなると寂しいな、と思っただけで。

枝折戸に遮られた向うから呼ばれたらしい若者に会釈し、年寄りはトラックの脇を抜けて家に戻ろうとした。前を通る時、胸ほどの高さに埋め込まれている瀬戸の表札にそっと触れてみずにいられなかった。滑らかではあっても固い冷たさがそこには宿っているようだった。七十年近くも前、ボールを持って芝生にしゃがんだ子供と同じように父親にポーズをつけられて塀に向かって背伸びした子供が触ろうとしていた表札の名前が、果して「小池兵之輔」であったか否かは、父親が撮った写真を調べてみればすぐわかることだ、と彼は気がついた。子供は塀に向って背伸びしているのだからいわば裏返しになって顔は見えないが、表札のほうは道に面しているのだから、子供の手がそこまで届いて隠していない限りは、書かれている姓名は読み取れる筈だった。発見に励まされた彼は道を横切って急ぎ足で自分の家へと引き返した。

久しく出したこともない、鰐の背中を模した柄の人工皮革の白っぽい表紙のアルバムは、記憶にあったとおりに本棚の一番下の段から現れた。開く時、背が剝がれ落ちてしまったアルバムは、どこか魚の干物にでも似た姿で彼の視線をはね返した。幾冊かある子供の頃の写真を集めたアルバムの中で、最初のページに真裸のまま籐の小さな椅子に坐って正面を向いたポートレートの貼られているその一冊が、最も古いものであるのは間違いなかった。この前父親と話した芝生の上の写真も、確かめようと思いつつつい億劫なまま探すこともしなかったのだが、それも時期から考えてこのアルバムの中に貼られているのは確かだった。

そう思いながら取り上げたアルバムをめくろうとした時、乾いた音をたてて台紙の間から一斉に写真が流れ落ちるのに驚いた。貼りつけるのに用いられた糊が歳月の経過によって変質し、接着力を失って台紙が写真を手放したようだった。呆然として彼は落下するブローニー判の映像の群れを眺めやった。それは時間の長さに耐えきれずに起された映像達の叛乱ででもあるかのようだった。

この前アルバムを引き出して開いてからどれほどの月日が経っているのか、明らかではなかった。その時は写真はまだ台紙の上に留っていたのだから、それより後のいつかに、接着剤は死に、写真はただ台紙の間に挟まれているに近い状態に放置されていたのだろう。

どれも色は黄ばんでいたが、ブローニー判のサイズの他にやや大きめであったり、その半分ほどのサイズであったりする様々の写真は、他にカメラをいじる人間はいなかったのだから、おそらくすべて父親の撮影したものに違いない。材木置場で兄と並んで日向ぼっこしている写真も、雨の止んだ後みな長靴を履いて前の子の肩に両手でつかまり大きな水溜りの中を一列になって歩いている子供達のスナップも、すべてにどこかわざとらしい演出の気配の窺える点が共通である以上、撮影者は父親であった、と考えられる。

にもかかわらず、小池家の表札に手を伸ばす子供のスナップも、芝生の上でボールを抱えて小さく首を傾げる幼児の写真も、求めるものはアルバムから雪崩れて床に落ちた中になぜか見出せなかった。写真は印画紙に焼き付けられた映像としてではなく、それを見た記憶としてだけ頭の中に残されたかのようだった。ある時、ある場所で自分はこんなふうにして生きていた、というささやかな手懸りさえ失なわれるような気がして、彼は探す写真の理由不明の消滅に不満よりも不安を覚えた。

洗濯物を抱えて廊下を近づいて来る妻の気配を感じると、床に散らばっている写真を彼は慌てて拾い集めた。隠す必要など全くない色の黄ばんだプリントばかりだったが、その隠す必要のないこと自体になにか後ろめたいものが孕まれているのを感じて彼は背を丸めた。

——音は賑やかでも、埃は大丈夫よね。

妻はまた電気鋸の音の立ち上った小池家の方にちらと目を向けた。

——白木蓮はもう蕾をつけていた。

今日確かめたわけではないのに、幾日か前に見た毛のはえた樺色の皮にしっかり包まれている枝先の丸い蕾を思い浮かべて彼は呟いた。

——やはり、更地にするんでしょうね。

洗濯物ごと二階への階段にかかる妻の声は小さくなった。

電気鋸の音は次の日も続いた。後から来た二台目のトラックから、青い小型のパワーショベルが降された。しばらくして気がつくと、小型の機械が庭の中を動く姿が、生垣の薄くなった部分を通してちらと見えた。木の根を掘っているらしい、と想像がついた。

そして次の変化は、いつの間にか生垣のかわりに、背より高い白いビニールシートが小池家の土地全体を包むように張られたことだった。シートは分厚く、立てられたパイプに巻きつくようにしっかりと張られて隙間もなかった。

一日中続いた騒音がようやく止み、白いシートに包まれた小池家がひっそり静まって少し経った頃、彼は妻に頼まれたまま取り込み忘れていた洗濯物を入れに二階のベランダに出た。トラックは既に姿を消し、その向うに二階の高みから白い囲いが見下ろせた。そして驚いたことに、庭木のほとんどを失った小池家の庭が、裸に近い形で囲いの中に横たわっている。これまで目にしたことも無い光景に吸い寄せられ、剝き出しとなった黒い土の庭に彼はしばらく視線をさ迷わせずにいられなかった。

その目が家屋から最も離れた庭の奥に届いた時、彼はあっと短い声をあげた。そこだけまだ僅かに残っている低木の横に、一基の墓石の立っているのが目に飛び込んだ。石灯籠などとは違う。小さな台の上に据えられた石はすっきりとした輪郭で、落着き払った佇いを示しながら次第に迫る夕暮れの中に静かに立っていた。庭にある墓というものがどのような存在であるのか彼は知らなかったが、この界隈のような住宅地ではきわめて珍らしいものであると同時に、小池家の庭にその石は自然に深く馴染んでいるように思われた。

取り入れたばかりの冷えた洗濯物を両手に持ったまま、彼は二階のベランダから小池家の庭の奥に眠っていた墓に向けてそっと頭を下げた。庭にはいったカラーボールを届けてくれたあの小柄な老人がそこに眠っていると思ったわけではなかった。むしろあの墓が小柄な老人そのもののように思われて懐しかった。

3

歩くなら日が落ちないうちに出ないと寒くなりますよ、という妻の言葉に押し出されるようにして家を後にした日課の散歩だったが、日が傾く前に雲が西から拡がると日差しが遮られ、急に空気の冷えて来るのが感じられた。

幾年か前までは、そんな時には向きになって着ているものの襟を立て、歩く速度をはやめたり、あえて距離を延ばしたりして抵抗の意志を高めたものだったが、七十代にはいって少し経った頃から、寒さと抗う前に風邪を引くことを恐れ、早々に日課を打ち切って家に戻るようになっていた。

それでなくても、散歩の距離と範囲とが以前に比して確実に縮まっていることに気づいて驚き、心細さを覚える折もある。かつてはあんな所まで歩いていたのか、とあたかも遥かな土地でも眺めるように市営グラウンドの高いネットや、キーウィの小さな果樹園などを思い浮かべることもあった。次第に小さくなっていく散歩の同心円が見えた。

おそらく一切の動きが消えてしまうであろうその同心円の黒い中心点からは眼を逸らすようにして、スーパーマーケットのある四つ角を右に折れた。そこを直進して団地への坂道に向うつもりであった進路はあっさりと変更され、最短距離で家へと向う道筋を辿っている。

白いビニールシートを張り巡らされていた向いの小池家の跡地は、その覆いが取り去られた後は、ひどく呆気ない更地が姿を現わしていた。古びた平家の建物も、庭いっぱいに生い茂っていた様々の樹木もすべて取り払われ、つるりとした無表情な黒い地面が拡がっているだけの新しい眺めには戸惑うしかなかった。樹木のなくなった庭の隅に突然現れた細身の墓石さえ姿を消してしまったのにはうろたえに近い気分を味わった。墓は他のものとは違うのだからなにか特別の扱いを受けるのではあるまいかとの想像は、更地という言葉の持つ乾いた響きの前ではあっさりと否定され、それが庭の奥のどのあたりに姿を見せたかさえ、今となってはわからなくなっている。

住宅地の間を抜ける道路よりも少し高くなった更地を横に見ながら鉄の低い門扉を押して庭に足を入れた時、いつもの癖で目は自然に隣の住いの南向きの広い廊下に引き寄せられた。空の安楽椅子が見えるだけで、サンルーム風の廊下に人影はない。当然そこに坐っていると信じていた父親の姿がないことに、息子はふと躓いたような気分を覚えつつ自分の住いに足を向けた。別に珍らしいことでもない筈なのに、安楽椅子が空席であるのを知ると息子は不満と不安を覚えた。いつかはそんな日が来るのであろうけれど、今はまだその時ではあるまい、という思いが妙に苛立たしく身の底を駆け抜けた。

——早かったですね。

居間から玄関に上体をのぞかせた妻が意外そうな声を投げかけた。

——予想以上に寒いよ。厚いコートを着ていけばよかった。

——当り前でしょう。でも、早く帰って来てくれてよかったわ。

——何がよかった？

——あなたが出て少し経った後、お隣から電話があったのよ。

——何だって？

——お父様がね、手があいた時にちょっと来てくれって。

——俺に？　手ならいつだってあいている。

わざとらしく揃えた両の掌を上に向けてみせた息子は、散歩用のウォーキングシューズをサンダルに履きかえてまた玄関を出た。

広い廊下の安楽椅子には見えなかった父親は、明りをつけた小さなダイニングルームで母親と向き合いお茶を飲んでいた。

——呼んだ？　散歩に行っていたの。

息子はテーブルの下から勝手に椅子を引き出して腰を下した。

——寒かったでしょう、外は。

ポットから急須に湯を注ぎながら母親が念を押すように言った。

——雲が出て来たら急にね。それよりなにか用があった？

——いや、急ぐ用ではないが、お前にいつか頼まれていたのを思い出したものだから。忘れないうちにと思ってさ。

——頼んだこと？　俺が？

——忘れたのか？

父親の声が急に不満そうに翳った。

——昔の論文というか、報告書みたいなものを見せてほしいとは言ったけど、そのこと？

——見当はついたんだが、出すのが難しい。

——どこから出すの？

——二階の座敷の天袋。

——そんな所にしまうからですよ。

お茶を注いだ湯呑茶碗を息子に渡しながら母親が呟いた。

——昔のものだから、あそこに押し込んでおいたのを思い出した。

母親の言葉を払い除けるように耳の脇で手を振った父親は、ゆっくり椅子から立ち上ろうとした。座敷の天袋ならわかるから来ないでいいよ、と父親を制してから、それが段ボール箱にでもはいっているか、紙袋に入れてあるか、それとも紙で包んで紐でもかけてあるのか、と息子は確かめた。

——いや、包んだり、紐をかけたりはしていないだろう。はっきりはしないが。

——ちょっと見てくる。

——踏み台でもないと、天袋には手が届きませんよ。

——わかっている。

——手伝いましょうか?

今にも立ち上りそうな母親をテーブルに押しとどめた息子は、ダイニングルームを出ると二階に向った。

温められていた部屋から出ると、廊下も階段も二階も寒かった。この家に一つだけある和室は床の間をもつ八畳間で、そのすぐ脇の押入れの上に一間幅の天袋が設けられている。背伸びした手を更に伸ばして引戸を開けることは出来ても、すぐ手前に置かれた新聞紙の包みの奥までは覗けない。納戸のように使われているフローリングの隣室から木の円椅子を持ち込んだ息子は、危うくバランスを取りながら椅子の上に立ち、天袋に向けて手を伸ばした。ここで落ちれば足の骨を折ることもあるかもしれぬ、という不安が緊張と結びついて手を強張らせた。軽い筈はないのに、年寄りがよくこんな高い所に物をしまえたものだ、と呆れつつ手前の新聞包みに手をかける。嵩があるにしては軽い包みを縛っている麻紐を摑んでそっと椅子の脇の床に落した。

似た紙包みが更に重なって出て来た奥に、小振りの段ボール箱が二つ並んで蹲る姿が目に入った。奥の壁に押しつけるようにして収められているために、円椅子の上に伸び上っても簡単には手が届かない。より高い足場を整えるために、息子は襖の縁に摑まるようにしてそろそろと畳の上に足を下ろした。埃っぽい紙包みの一部が破けてそこから灰色の衣類のようなものが見えた。探すものでないのは明らかだが、ここまで相手に近づいた以上は慌てることもあるまい、と考えて息子は包んだ紙の一部を押し開けて中を覗いた。グレーの地の上になにか赤い色の文字らしきものがのっている様子だった。秘密の衣類ということもなかろう、と推測した彼は紙を破って麻紐の間から一着の衣類を引き出した。胸に赤味の濃い臙脂色の英語の文字が縫いつけられた野球のユニフォームらしかった。「サンライズ」と読めるその文字の赤の色が褪せもせずに意外に生々しく眼に映ることに驚いた。

——わかったかい？

いきなり背後から声をかけられて息子はぎくりとした。悪いことをしているところでもみつかったかのような後ろめたさに襲われてたじろいだ。足音を忍ばせたわけではないだろうが、手摺に摑まって慎重に一段一段を踏みしめるようにして階段を昇って来たに違いない父親の気配に全く気づかなかった息子には、不意の声だった。

——こんなものが出て来たよ。

厚手の茶のカーディガンに包まれた目の前の父親と、赤い文字の意外な生々しさとの組合せに怯んだ息子は、言い訳でもするかのように慌てて言葉を返した。

息子の掲げてみせるユニフォームにちらと目をやった父親は、そんなものがあったか、と掠れた声を洩らしただけですぐ天袋の高みに目を移した。

——このユニフォームで野球をしていたのは、僕がまだ小さかった頃？

拡げたユニフォームの背番号が〈6〉であるのを確かめた息子は、古いユニフォームには全く関心を示さずに天袋の奥を覗こうとする父親に不満を覚えた。自分の知らないうちに、自分の知らない所で胸に赤い文字をつけたユニフォームを着た父親が野球に興じていたということが、なにやらひどく理不尽に感じられた。カメラに凝って写真展に出品したとか、休日は朝早くから馬場に出かけて乗馬の稽古をしていたとかについては、幼い頃から少なくとも話だけは聞かされていたのに、なぜか父の野球のことは知らなかった。遠い記憶の中の出来事の、更に一段と奥まった場所に野球する父が隠れていたかのような印象を受けた。遠い記憶の前に、自分一人が置き去りにされた寂しさを覚えた。死んだ兄にでも訊けば何か覚えているのだろうか。

——お前はまだ、小さくて何もわからなかったろう。

——で、ポジションは？

——キャッチャー。

打てば響くといった早さで父親は答えた。なるほど、とその答えに息子は納得した。投げるよりも、打つよりも、走るよりも、ホームベースの後ろに構えてひたすらピッチャーの投げる球を受け、自分の方に顔を向けて守備につく遠い野手に対しても指示を出す仕事は、いかにも父にふさわしいものと思われた。強打者の華やかさはなく、ベース間を一気に駆け抜ける鮮やかさなどなかったろうが、自分の居るべき場所に重いミットをはめて構えている限り、そこは地球上で最も安定した場所だ、との認識は揺るがなかったに違いない。実際にどの程度チームメイトの信頼を受けていたかは不明だが、それには関係なく父親は捕手であり続けたのだろう。

——だから、あのあたりの箱だ。

ユニフォームの出現にはさして関心を示さない父親は、雲の果てでも望むような目つきで天袋の奥を探ろうとした。

——前の物をどけなければ、奥までは手が届かないよ。

たたまれていたユニフォームの間から、黄色の染みが点々と浮き出たストッキングや、庇の赤い野球帽がはみ出しているのを脇に押しやった後に、息子はまた隣室からしっかりした重い椅子を天袋の下に運び込んだ。

——もっとぎりぎりまで押しつけなければだめだ。

前に置かれていた小さな円椅子を脇にずらそうとしながら父親が言った。何故か今は父親のほうが探索に熱を入れ始めたようだった。

——他にまだ紙包みがある。かなり埃だよ。

置きなおした椅子にのって天袋に手を入れると、息子は前と似た紙包みを二つ取り出して、下に立つ父親に手渡した。

——ミットみたいだな。

そうらしいな、と乾いた声で応じた父親は包みを足許に投げた。

——よく残っていたな。役所のチームで?

——ああ。

——戦争前の話でしょう？

——昭和の初め頃だろう。

——空襲で家が焼けなかったから、こんな古い物が残っていたんだね。

——お前のところのチビ達は使わないか？

——無理だよ。こんなに重くて、革の干割れた古いミットなんて。

父親は答えずに足でミットの包みを廊下の方に押しやった。もう一つの紙包みも上から下に手渡され、前の包みの後を追った。

——箱が幾つある？

父親がこれまでとは少し違う固い響きの声で訊ねた。

——二つは見える。あまり大きくない段ボール箱が。その横には掛軸みたいな巻物や額縁なんかが押し込まれているみたい。そのもっと奥まではわからないけど。

——いや、箱は確か二つだったと思う。

——それが本や印刷物なの？

——雑誌とか、記録みたいな物とか。

——重いのかな。

——紙だからな。箱を引き寄せて、中身を半分くらい出してから降ろした方がいい。

何しているの、危いですよ、という甲高い声とともに廊下から母親が姿を見せた。

——大丈夫、もうわかったから。

——椅子がぐらっとして落ちたらどうするの。それにストーブも点けないこんな寒い部屋で。

母親の文句に追い立てられるようにして息子は天袋の奥まで手を伸ばし、果物を送るのに使われたような小振りの段ボール箱を天袋の縁まで引き寄せた。

——中身を少しずつ私に渡しなさい。腰がぎっくりいったらもう動けないからな。

予定外の母親の出現によって作業は身体の動きに集中し、リズミカルな運動に近づいたようだった。大小様々な判型の変色した表紙を持つ雑誌類が畳の上に低い山を作って横に並んだ。半分ほど中身を取り出された箱が天袋から降ろされると仕事は一気に進み、空になった段ボール箱は椅子から離れた息子の足で廊下の方へと蹴り出された。

何か呟きながら手にした雑誌を幾冊か重ねて畳の上に置き直した父親は、ここにはないな、と声を洩らした。見渡したところ、表紙の色も褪せた古雑誌の類の中に、息子の記憶に刻まれている、単行本ほども厚みのあるあの白表紙の報告書ははいっていないようだった。雑誌は法律関係の出版物が多く、中には随筆などを中心にした趣味本位のものも見られた。

――これは、どういう関係のものがとってあるのだろう？

畳の上に父親が分類し直した雑誌の小山を眺め渡しながら息子は訊ねた。

――自分で書いた何かの載っているのがとってあるのよね。

母親が横から答えたが、父親の方は口を出さずに別のことを考えているようだった。母親の言葉に引きずられてあらためて雑誌の小山を見ると、ところどころに挟まれている付箋の赤い頭の部分がのぞいているのが目にとまった。探しているものとは違ったが、そこにある文章にどんなことが書かれているのかには興味を覚えた。小さくなった父親が、古雑誌の黄ばんだページの間に隠れているような気がした。今ではないいつか、それを読んでみたいという気持ちがふと動き出すと、意外な熱を帯びてその衝動は大きくなりそうな気がした。

――あれも違うかもしれない。

天袋の奥に収って半分だけ見えている段ボールの箱に目をやりながら、父親が嗄れた声を洩らした。

――どうせここまで見たのだから、あの箱も調べようよ。

――あれは報告書とか月報といったものではなくて、確か別の書類を入れた箱だったろう。

先に降された箱の中身が見当違いの古雑誌であったのと同じように、まだ天袋の奥に半分身をひそめたままの箱は、父親の予想を裏切って案外相手が身を隠している場所かもしれない、という憶測が息子の背を押した。

――もうお止めなさい、こんな寒い所でストーブもなしで。

母親の言葉を聞き流した息子は、椅子に歩み寄って再び天袋を見上げながら、骨の固い母親の肩に軽く摑まるようにして再び椅子に乗り、天袋の奥に手を差し入れた。最初のものより軽い感じの段ボール箱を息子は天袋の縁まで引き寄せ、それを担ぐようにして椅子から降りた。若い誰かの来た時にでも手伝わせて探せばいいのに、という母親の言葉には答えず、息子は足許に二つめの箱を置くと、左右に開く蓋に手をかけた。突然、部屋全体を揺がすような嚔を父親が放った。一度始ると三回、四回では治まらず、十回近くも続けざまに弾ける昔からの嚔だった。

――言わないことじゃない。風邪を引いて肺炎でも起したらどうなるの。やめやめ。もう降りますよ。

母親は有無を言わせぬ勢いでそれだけ言うと、次の嚔に備えて息を大きく吸い込みかけている父親の二の腕を摑んで廊下に引きずり出した。

――ここは片付けておくから。

まだ何か文句を言い続ける母親の声と、それを叩きつぶすような嚔の激しい破裂音とがもつれ合いつつ階段の方へと遠ざかるのを聞きながら、息子は大声で二人に呼びかけた。あんたもすぐ止めなさいよ、という警告に苦笑しつつ、息子は足許の二つめの箱の観音開きの蓋を引き開けた。父親の言葉通りに紐で綴じた分厚い書類や、ハトロン紙の袋に収められた書類が詰っている。鉛筆書きの原稿めいた紙の束であったり、何がはいっているのか見当もつかぬようなふくらんだ大型封筒などが二列に詰め込まれ、その間の隙間をちょうど埋めるようにして、黄ばんだ厚手の紙を重ねたまま丸めたものが押し込まれているのを息子は発見する。取り出すとずっしり重い紙は楕円形の切り口を持った肉厚の円筒であり、長さが二十センチほどの太い薪のようであり、どこも縛られても折られてもおらず、ただゆるく丸められた紙が自らの厚さ故に自然にその形を保った、という奇妙な肉感性を備えている。予想外の紙の塊ではあるが、ここで出会った以上は無視してすますのは難かしい。

息子は丸められた紙の求心力とでもいった力に抗ってその筒の内側に指を入れ、そっと押し開いた。

卒業免状のような固い紙があり、罫紙のような薄手の紙があり、大きさも二つか三つに区分されそうなものが重なり合って筒形に丸められている。手強い小動物のように自らを内へ内へと捲き込んで止まない紙の力に抗して、息子は外側の二、三枚を引き剝がすと中を覗いた。

大正十四年六月十二日の日付とその上に大きな角形の印の捺された証書は表題もなく、いきなり父親の姓名が太い墨の字で書かれ、「任裁判所書記兼司法属　給七級俸」とのみ記されている。どうやら父親の昔からの辞令の束にぶつかったらしい、と見当はついても、そこに記されている内容が具体的にはどのようなものであるかの見当がつかない。

次の辞令は大正十五年四月廿七日の日付をもち、これも表題なく、姓名の次に「司法官試補ヲ命ス」と記され、すぐ後に、どの字より大きく「司法省」との三文字が読める。大正十五年は十二月末から昭和元年でもあり、この辺りからどうやら父親の仕事は始っているらしい、と息子は見当をつけ、自分でも何の溜息かわからぬ息を細々と吐き続けた。次に検事代理であるとか、豫備検事とかの肩書きがあり、昭和二年十二月に至って「任検事」と書かれた辞令が現れる。

こんなふうにして自分の過去を内に捲き込み捲き込みして父親は生きて来たのか、と考えるとまた長い溜息が出た。臑というより腿に近い太さに丸まろうとする辞令の束を元に戻して段ボールの箱に納めようとすると、階下から父の嚏の破裂音が続けざまに伝わって来た。

――早く降りていらっしゃい、あなたも。熱いお茶を淹れるから。

その間を縫って母親の甲高い声が聞えた。

これだけ片付けたらすぐ行くから、と言葉を返した息子は、畳の上に小さな山を作って並んでいる雑誌を手早く重ねて最初の段ボール箱に戻し、元のように蓋を閉じようとした。その間から一つだけ斜めにはみ出しているものがあるのに気がついた。判型も厚みも他とは違うそれは雑誌ではなく、一冊の大学ノートだった。横罫を縦に使ったページにインク書きの読み難い字がやや薄れながら連っている。それが仕事関係のノートではなく、なんとなく私的な匂いのするものであるのに気づくと、息子は思わず読み始めていた。もう一度母親の呼ぶ声がしたが、応えようとはしなかった。辞令とか命令といった墨書ではなく、小さなインク字の連りは呟くような影を浮かべてページの中央に十行ほど並んでいる。

その頃、母は丸まげをきれいに結っていた。髪結いは私の家に来て母の髪を結うので、最初見習いの女の子が先に来て櫛等の小道具を大きな油紙の上に並べ、脚の開く鏡台の上に大きな手鏡を置き、小さな洗面器に熱湯を入れ、布で髪を撫でて癖直しというのをやる。その準備が終った頃に髪結いの先生が白い上っぱりを着てやって来る。見習いは次の家に出かけて行くのだ。びんつけ油の香が今でもはっきり私の嗅覚に上って来る。そこには、若い美しい母の黒髪が眼に浮かんで来る。(この見習いはしたすきと言ったと思う)

古びたノートの中から突然現れた人影にたじろいだ。見ている子供の姿は浮かんで来ないのに、丸髷を結わせるやや太り気味の女性の姿だけはゆったりと目に浮かび出た。父の母であるとしたら祖母であり、小さい頃から同じ家の中で暮したおばあちゃんである筈だ。父親が子供の頃だとしたら明治四十年前後の話であり、その後のいつか丸髷は消え、覚えているのは後ろでまとめて縛ったような簡素な髪形でしかなかった。

つまり髪結いの必要は疾うになくなっていたが、そのかわり一緒に暮す孫が命じられたのは、車を曳いてやって来る羅宇屋《ラオや》を呼びとめて煙管の羅宇の交換を頼むことと、夜に笛を吹いて歩いて来るマント姿の按摩のおじさんに声を掛けて家に来てもらい、祖母を揉んでもらうことだった。そんな祖母が丸髷を結っている姿は思い浮かべられないが、その黒髪を美しいと感じている子供の像もうまく摑めない。少なくとも、自分と今階下にいる母親との間にはこれに似た場面はなかったな、とノートの中の穴にすとんと落ち込んだような気分を味わいながら息子は思った。

と同時に、これは見てはならぬノートではないのか、との恐れが息子の背筋を駆け抜けた。個人的なノートであるとしたら、何が書かれているかはわからない。秘密と呼ぶほどのものではないにしても、誰の目にも晒されていいとは限るまい。ページとページの間に、子供の頃の父親が裸で立っているのを見るような気分に襲われて息子はたじろいだ。これは父親が死んでから読むべきものであるのだろう、との思いが畳の上に立つ足許から迫り上がって来るのを彼は感じた。雑誌の間にそのノートを素速く押し込み、入れた場所だけは記憶に刻んで彼は箱の蓋を閉じた。お茶が冷めるけれどどうしたのか、と苛立ちの煮詰った声が階段を上って来る。

4

最初に感じたのは、肩に伝わる骨のごつごつとした硬さであり、充分に老いている筈の身体の意外な重さだった。考えてみれば、こんなふうに肩を貸してじかに身体を支えつつ歩いた記憶など息子にはなかった。たわむれに背負った母親があまりに軽いのに驚いて涙を流し、三歩も歩めなかった、という明治の短歌を息子は思い出したが、それは背負ったのが母親だったからであり、相手が父親であったなら、さほど驚きもしなければ涙も湧かなかったろう、と考えるほどのゆとりが息子にはあった。そういった記憶など全くなかったが、小学校か国民学校かの運動会で父親と二人三脚のレースにでも出場したらこんなふうだったろうか、と九十代の父親を支える七十歳を過ぎた息子は想像した。

もし母親の言葉に従って前のように救急車を呼んでいたなら、こんな形に身体を密着させて、道で待つタクシーまで父親を運ぶことなどなかったろう。立ち上れなかった腰のふらつきも、目眩も、手足の痺れも大したことではないのだから、と救急車の手配を強情に拒んだ父親は、電車の駅で三つほど先の土地にある大学の附属病院に自分で電話をかけ、かかりつけの医師に連絡して救急車ではなく診察を受ける手筈を整えたのだという。

タクシー会社に電話をした後で隣家から呼びつけられた息子は、大丈夫なのかな、と玄関の上がり框に腰を下ろしている父親に声をかけた。ベージュのブレザーコートの上に毛糸の黄色いマフラーを巻いた父親は、片手を軽く振って心配するな、という仕種を示し、救急車を頼むのはいやだと言ってきかないんだから、と紙袋を提げて出て来た母親が横から息子に訴えた。しかしその非難の口振りの中に、前回救急車で病院に駆けつけた時ほどの切迫感がないことに息子は気づいてもいた。

道で待っていたタクシーの後部座席に母親が先に乗り込み、中から引き寄せるようにして父親を乗り込ませるのを息子は手伝った。道に見送りに出ている妻に、何かわかったら電話するから、と言い残して彼は中から助手席のドアを閉めた。

更地のままの小池家の黒々とした土地が後ろに流れると、これで車の中に親子三人になった、という妙な実感があらためて息子の肌をかすめた。かつて救急車に乗った折には救急隊員が車内であれこれと働いていたために事態の急ばかりが意識されたが、今はそれとは違った親子三人の生み出す空気がヒーターの熱にまじって車内を支配しているようだった。

――今、どこか苦しいの？

息子はシートベルトに縛られた窮屈な上体を後部座席へと捻じ向けた。

――心配するな。

平素より幾分低い声で父親は答えた。シートの上で母親の肩に凭れかかっているようだった。自分の首筋から背中の辺りにまだ父親の重みがこびりついているような気がした。

――木下先生が病院に居る日でよかったよ。

――少し間があいたから、このあたりで一度あの先生に診てもらっておけば安心だからね。

父親のかわりに母親が、自身に言いきかせるように相槌めいた言葉を返した。

住宅地を抜けた車は、広いバス通りに出ると急に速度をあげた。道が空いているからすぐ着きますよ、と坊主頭の初老の運転手が前を向いたまま言った。急がないでも大丈夫、もう落ち着いたみたいだから、と後ろから母親が応えた。

――私らも講習受けてるからね。

――どんな講習を？

――産気づいた妊婦さんの緊急入院とか、急病で発作を起した人の応急処置とか。

運転手はやや声を張って応じた。なるほど、生命の危機に出会うだけではなく、新しい生命の始まりにぶつかるケースもあるのか、と息子は助手席で頷いた。

――ただ私達は、救命講習は受けても、医療行為は出来ませんのでね。

運転手は少し残念そうにつけ加えた。救命と医療の関係がどう結びついたり、いかに切り離されたりするのかはわからなかったが、とにかくタクシーの中には生命の誕生といった光も隠れているのだ、と思うと息子はふと新しい景色に触れたかのように助手席の上で背を伸ばした。

午後の外来診察のどこかに潜り込ませてもらったらしい木下医師の診断は、しかし息子の予測を外れたものだった。特に慌てる必要はないけれど、先回の診察時に比べると明らかな変化の起っているのが認められる。この際少し細かく調べたほうがよい、と一息に述べた医師は、珍しく触診した患者の横たわるベッドから離れて付添いの二人に向き直った。

――今からこのまま入院出来ますか。

常より乾いた事務的な口調で医師は確かめた。母親と息子は顔を見合わせ、一瞬父親の反応を窺った後、母親が同意する言葉を医師に返した。

――木下先生がおっしゃるのだから、そういたしましょう。

――どこかに急を要する問題があるから急いで入院しなければいけない、というのではないのですよ。ただ、今から入院すると、いろいろ検査の具合がいいものですから。

頷く母親が、決ったことを確かめる顔を父親に向けると、なぜか他人事のように父親が頷くのを息子は認めた。少し前から身体に異変の生じているのを父親は隠していたのではないか、との憶測が息子のうちに芽生えた。

内庭に面した五階の個室が父親の当面の居場所となった。前にも入院していたことがある病院だけに、その部屋の空気に馴れるのにさほどの苦労はなさそうだった。

それからの幾日かを、しかし息子は落着かぬ気分で過さねばならなかった。入院した患者とともに病室には馴れたとしても、重ねられる検査の結果を受け止めるのは、それなりに緊張を要する仕事だった。父親の入院後は母親は神経を尖らせ、医師との接触には尻込みして息子を前に押し出そうとした。重なる検査に不平もいわず、今では患者本人が、一番穏やかな時を過しているかのようだった。

母親と息子と妻との三人が、かわり合って病院に出かける日が続いた。母親がその中心にいたが、検査の結果と今後の方針について説明と相談がある、と木下医師から告げられた日は、母親について息子も病院を訪れねばならなかった。

病室をのぞいた若い女性の看護師に導かれてはいった小さな部屋に、待つ間もなく木下医師は姿を見せた。とりあえず必要と思われる検査は終ったが、その限りでは今回特に急を要するほどの顕著な結果は出なかった、と医師は乾いた口調で告げた。ありがとうございました、と止めていた息とともに言葉を声にした息子に、しかしこれで安心というわけではない、先回入院時の状態を考えた上での検査なのだから、その他にまだ調べることがあるかもしれないし、膵臓などの消化器関係に限っても、これで検査終りとはいえない、と歯切れ悪く医師は告げた。

——もっと別の検査があるのですか？

——調べる方法はいろいろありますからね。

——切るとか、刺すとか、管を通すとかですか？

——まだその他にも。

——そういう検査が病人の負担にはなりませんか。

——お歳のことを考えますとね。

——もしこれが先生のお父上であったら、この先の検査をなさいますか。

縮れ毛の医師は少し伏し目になって短い間を置いてから、小さく首を横に振った。

——すすめないでしょうね。

——患者本人の意見というか、意志も確かめる必要がありますよね。

——お願いします。

小さく頷いた医師は手許にあった二、三枚の書類をテーブルの上で揃えると、すぐにも立ち上ろうとする気配を見せた。

――御尊父はお幾つですか。

こんな問いかけは医師に対する質問ではないのだろうか、と考えながらも息子は訊ねてみずにいられなかった。

――もう亡くなりました。七十代の半ば頃に――。

呟くように答えて医師はそそくさと狭い部屋を出た。自分の父親に対する検査の方針が間違っていたと考えているのであろうか、と疑いながら長身の白衣の背を息子は見送った。その時になって、これまであまり考えたことのなかった医師自身の年齢の輪郭がふと頭に浮かんだ。五十を前にしたかと思われるその縮れ毛の医師は、自分の長男とほぼ同じ年頃であるらしかった。としたら、これ以上の検査をすすめない、と先刻言った時に医師の意識にあったのは、病室のベッドに今寝ている患者ではなく、目の前に坐っているこちらの姿ではなかったか、という錯覚めいた気分に襲われた。年齢の網の目に捕われたようなその錯綜が、しかしベッドの父親にこの先の検査をどうするかについての意見を確かめる気の重さを幾分かやわらげてくれているようにも思われた。

わざとらしく平静を装って病室の窓辺に置いた小さな円椅子に坐っていた母親は、戻って来た息子の姿を認めるとすぐ立ち上ってベッドに近づいた。

――もういいよ、そこまで調べてもらえれば。

痰のからむ喉を咳払いした父親は、冗談を言われた時の柔らかな反応のようにベッドの上で静かな声を洩らした。

――先生もあまりやりたがらないのだろう？

――はっきりとは言わなかったけど、楽な検査だとは言っていなかったな。

母親が円椅子の上で小刻みに頷いた。自分の父親だったらこれ以上の検査はしないだろう、という医師の首を横に振った返事は伝えるまい、と息子は考えた。それは彼の個人的な声であり、患者に伝えるべき医師の言葉とは違うのかもしれない、という気がしたからだった。

その日の帰り際、一階に降りて受付の前を通り過ぎようとした息子は、横の通路から出て来た自分と似た年配のコート姿の男が、そこに立ち止ってこちらを見詰めているのに気がついた。固まっていた時間の枠が弛むようにして、角の欠けて聞き取りにくくなった掠れ声が何か語りかけて来る。声とともに園部の顔がゆっくり浮かび上って近づいた。

――どうした？　どこか悪いの？

思わずそう問い返しながら、高校時代以来の友人だった手島の追悼文集を出す話についての電話をもらったままであったことを思い出してそれを口にした。

——ま、いろいろとね。ひとの文集を出す心配より、手前の準備をするほうが先かもな。

——何か書いているのかい？

相手は一瞬目を宙に泳がせてから、それが自分自身の追悼文集を指しての話らしいと気がついたらしく、乾いた声で笑い出した。

——葉書一枚書くのも面倒な筆不精が、そんなもののある筈がねえだろ。

——ま、そうだろうがな。だから、心配しなくても、君の文集は出ないよ。それより、どこか悪いのか？

彼は高校時代からの友人の顔をあらためて見返した。髪のほとんど失なわれた顔は、どこか中心を見失った円を思わせた。

——あっち。

相手は外来棟の上の方を指さしてそれを小さく廻してみせた後、君は、と嗄れた声で訊ねた。

——俺ではなくて、親父。

——ああ、そうか……。

途中で言葉を切ったまま、園部は小さく頷き返した。また連絡するよ、と言い残して手洗いの方へと歩きかけ、ふと足を止めて、君も気をつけろよ、と言ったらしい曖昧な声だけが廊下に残った。

帰り着いた家の低い鉄の門扉を開けて庭に踏み込むと、正面を遮るようにして立つ二、三本の柑橘類の立ち木の間から両親の住む家の廊下が見える。そこに坐る人影のない安楽椅子の背凭れが妙に白っぽい色合いでひっそりと沈んでいるのを息子は目に収めた。その椅子から坐る人の姿が消えてもう幾日も経つのに、したがって空席は見慣れたものとなりつつある筈なのに、なぜか今日はそれが突然出現した眺めのように感じられた。

空の安楽椅子に向けて軽く手をあげて見せてから、息子は立ち木をよけるようにして左手の自分の家の玄関に廻った。

チャイムは鳴らさずにポケットの鍵で玄関のドアを開けてはいった家の中は、どこにも人気が感じられず、微かな暖気と沈黙だけが居間にもダイニングルームにもこもっている。

――帰ったよ。

小さな声を投げて息子は居間のソファーに身を投げた。手を洗ったか、嗽をしたか、と外出から帰る度に咎める妻がいないのに救われて、彼は思いきり手を伸ばし、曲げた膝を高々と天井に向けて差し出そうとした。

夕刻の買物に出かけたらしい妻が帰って来る前に、何かしておきたいことが身体の奥に残っている。隠そうとするわけではないが、妻が居たのではうまく羽ばたけぬ曖昧な動きがフローリングの床を這っている。どうやらそれが同じ敷地内に住む隣の親の家に関ることであるらしいと見当がつくと、彼は弾みをつけてソファーから身を起し、戸棚の引出しから白いリボンで小さな鈴を結びつけた隣家の玄関の鍵を取り出して隣の家へ足を向けた。

微かな漢方薬の煎じ薬らしい匂いのこもった重い空気を肌に感じながら、息子はすぐ二階への階段へと向おうとするスリッパの足をふととめて、安楽椅子のある広い廊下の方を窺った。

とりわけ変ったものがそこに見えたわけではない。むしろ彼も見馴れている筈の冬枯れの狭い庭の眺めが、その安楽椅子からはどんなふうに見えるかを確かめておきたい、との願いが水でも滲み出すように身の奥から湧いているのを感じた。それは位置の定められた安楽椅子という鋳型に自らを流し込んでみようとする衝動のようにも思われた。

どれ、と声を放って息子は大仰な身振りでその椅子に坐った。思ったよりそれはせせこましい、葉の落ちない庭木に視界を遮られる眺めだった。ただ一つ意外だったのは、そこからは門扉の開閉がよく見え、人の出入りが確かめられることだった。道から自分がはいってくれば、椅子の上で父親は手を挙げ、こちらも手を挙げ返して挨拶を交すことが続けられていた。歩けないわけではないのだから、そこにいる父親はあえて眼となった自らを安楽椅子に縛りつけ、動けなくなるかもしれぬ近い将来のための準備をしているのだろうか、と息子は疑った。しかしこちらはそんな憶測につきあってはいられない、という焦りの気分に追い立てられ、息子は二階への階段を上った。

先日の要領で、座敷の天袋の下に隣室から持ちこんだ重い椅子を置き、その上に立って見覚えのある段ボール箱を天袋から引き出した。すべては予定の行動のようではあったが、自分が本当は何をしたいのかがまだはっきりとはしていないことを彼はぼんやり意識した。

段ボール箱の上蓋を開くと、紙質の悪い古い雑誌の重なりの間に身を隠そうとしつつも上端がはみ出してしまう一冊の大学ノートがすぐ目についた。

先日それを手に取って中を覗いた時、そこにあるのが公表された文章や仕事関係の記録ではなく、なにやら私的な匂いの濃いものであるのに気づき、これは父親が死んでから読むべきものではないのか、と感じて、お茶がはいったと階下から呼び立てる母親の苛立った声に急き立てられ、そっと土でもかけるように箱の中に戻して蓋をした記憶がまだ指先に残っていた。何が書かれているかの推測は難しい。ひっそりと書き残されたものは筆者の死後に発見されて読まれるのが好ましい、との考えは変らなかったが、この先の検査はもういらない、と痰のからむ声で告げた父親に接すると、もしかしたら今からでもこちらにまだ何か出来ることが残っているかもしれない、との想像が息子のうちに芽生え、次第に枝葉を拡げそうな気配を示すのが感じられた。もし父親の子供の頃のどこか湿った思い出がノートの中にあるのだとしたら、それをそっと覗くのは息子が最も相応しいだろう、との思いは彼の内に急速にふくらんだようだった。深く考えてというより、父親の病室を出る時はまだあまり形の定まらなかった思いが、いつか次第にふくらんで熱を溜め濃度を増して、彼を隣の家の二階の天袋の下まで導いたらしかった。

縁が黄ばみかかっているノートの表紙に、「おいたちの記」とインクの字が記されていることに息子は今度はじめて気がついた。としたら、父親はそこに子供の頃からの記憶を綴ろうとしていたのだろう。そしてこの前読んだ髪結いの先生についての十行ほどの短い文章が、全体の前書きであったのかもしれない、ということに息子ははじめて気がついた。それにしては、使われているのが始めの十ページ足らずであり、後は白紙のままであるらしいのが妙で、かつ不満でもあった。先日読んだ髪結いの話にはタイトルがなかったが、それに続くページの冒頭には「幼児の記憶」と表題が附されている。

私の幼時の最初の記憶は、三歳の時の負傷である。三歳のお宮参りに行くので、母は髪結いさんに結髪して貰っていて、その間私は子守さんに背負われて庭を散歩していた。当時、私は肥えていて、子守さんは恐らく十五、六歳の瘠せた女の子であったと思われる。私が重いので背負い直そうとした瞬間、私の身体が子守の肩から前に飛び出して真逆様に落ち、花壇の境に置いてあった煉瓦の角に頭をぶつけた。眉間が深く割れて物凄く出血した。顔の傷だから縫うと傷跡が残るというので、医者は縫わなかったそうだ。雑巾ではなかったろうが、ありあわせの布で眉間を押さえられたのを覚えている。この話はしかし、私自身がはっきり覚えているのか、後に何回も母に聞かされて自分の経験のように思っているのか、はっきりしたことはわからない。ただ、頭の打撃によって甘い味覚が生じたのと、頭を布で押さえられたこと、子守の娘が大声で泣いていたことは、自分が直接覚えているような気がする。

その傷跡は、後に私が病気をしたり、上を見上げて物思いに耽ったりすると四、五分の長さに浮かび上り、どうしたのか、とひとに尋ねられたものであった。

父親の眉間を左斜めに横切る傷跡のテラテラとした光は、時には微かな盛り上りのようにも、また時には浅い溝のようにも見えることに息子は気づいていた。それほど目立つ痕跡ではないので直接尋ねたことはなかったが、何かの折に父親から話を聞いた朧気な記憶はあった。ただそこには、顔の傷は縫うと跡が残るからとの判断で縫合しなかった医師の処置や、十五、六歳の瘠せた子守娘の激しく泣いた部分は含まれていなかった。

　更にもう一つ、父親の身体には傷の跡があることを息子は思い出した。子供の頃、父親と一緒に風呂にはいると、左側の腿の内側に近いあたりに茶色味を帯びて変色した薄い跡のあるのが目にとまった。それは剃刀で切ったのだ、と教えられた覚えはあるのだが、どうしてそんな場所を切ったのか、剃刀とはどんな形のものであったのか、などを不思議とは思っても、それ以上のことを特に知りたいとは望まなかった。幼児の記憶でない限り、傷を負うような出来事がもしあったとしてもこのノートには記されないのだ、と気がつくと息子は苦笑を嚙んだ。額の傷はもう百年近くも昔の出来事なのだ、と頷いて息子はノートをめくった。

　次に記されていたのは日露戦争の凱旋行列であった。明治三十八年のことで、子守のねえやに背負われて横浜の海岸通りで日の丸の小旗を振った記憶が綴られている。行列は軍艦から上陸して二頭だてのオープンの馬車に乗った東郷元帥を迎えるもので、金モールのついた海軍の礼装であったらしい。しかし横浜の埠頭から横浜駅までの沿道にはさほどの人出はなく、元帥は無表情で行列も見物人もあまり盛り上らなかったらしい様子が短く記されている。「幼児の記憶」の中でこれは貴重とはいえぬものであり、いわば時代への御挨拶とでも考えるべきものなのだろう、と息子は想像する。それに比べれば、小学校での思い出には活気と潤いのあるのが感じられた。

七歳の四月に家から一キロほど離れていた小学校にはいった。多分母に連れられて行ったと思う。学校は塀も建物も木で黒い渋を塗ってあった。平屋建であり、道路を挟んで運動場があった。その運動場で入学式があった。講堂等という建物はなかったに違いない。運動場には高い壇があって、先生はその上から生徒に話をした。なんの話であったか覚えていない。ただ、左と右を教えるのに、茶碗を持つ方が左で箸を持つ方が右だと言われた。その時皆が笑う声がしたが、それは私を見て笑っている。茶碗を持って箸で一心に飯を食う真似をしていたのをまわりに見られたらしい。母は恥しかった、と言っていた。先生は列を作って教室にはいるのにも出るのにも、まず右と左を覚えさせるのが必要だったのだろう。

一年生の担任は清水先生という若い女の先生だった。丸顔の太ったおとなしい人だった。恐らく二十歳前後ではなかったかと思う。

雪の降った朝だった。学校に着くと先生が大きな木製の火鉢のふちに私を連れていって、足袋を脱がせて火で乾かして呉れた。他の生徒が羨しそうに私の廻りに居たようであった。

日曜日であったか、放課後であったか、学校に生徒が居ない時に数人の友達と学校の運動場に遊びに行ったことがある。突然清水先生が職員室の方から出て来て私を呼んだ。先生は小皿に入れた寿司を持って来て私に食べさせて呉れるのである。それはとても嬉しかった。

終業式があった。女の先生の着飾っていた姿が眼に残っている。校長先生はフロックコートを着て、白い手袋をしていた。その白い手袋の手で、証書と賞品を授与した。私が名を呼ばれて貰ったのは三等賞であった。黒塗りの蓋のある筆入れであったと思う。この時もとても嬉しかった。しかし後で考えると、どうも清水先生のひいきではなかったか、という気がする。

二年生になって間もなく、担任が替った。清水先生はブラジルに行くのだそうだ。結婚して行くのか、結婚しに行くのか、解らない。とにかく、淋しく、悲しかった。港の見下せる見晴し（海に向って絶壁になっている場所で、一望のもとに横浜港を見下せる山手通り）に行って、何の汽船か解らないのにあの船に違いないと勝手に決めて、先生、さよなら、と何度もくり返して独りそこに立っていた。これが淋しいとか悲しいとか人懐しいとか感じた記憶で、最初に強いものであった。

次の担任は谷村先生という老人と思える男の先生で、講談が得意であった。雨が降ると雨天体操場がないので、体操の時間を潰すのに「先生お話し」と皆で叫ぶと先生も嫌ではないと見えて、にこにこして孫悟空の話を——。

そこまで読んだ時、両開きの鉄の門扉のぶつかり合う小さな音が窓の下の方に聞えた。座敷の中央に立ってノートを読んでいた息子は、窓に歩み寄ると庭木越しに門からはいって来る薄茶色の半コートを着た妻の姿を認めた。帰って来たのが母親ではなかったことにほっと息をつき、ノートを慌てて段ボールの箱に戻して天袋に押し込んだ息子は、室内を見廻して急に部屋の寒さに気がついた。なにか悪いことでもしていたような後ろめたさを覚えながら、彼は玄関への階段を降りた。何をしていたのか、ともし問われた場合に、妻に対する応じ方と母親に向けての答えとが違っているような気がした。もしこれが咎められるべき盗み読みに当るとしても、妻にとっては夫の父子関係の中の出来事に過ぎない。しかし母親の身には、もしそこに女性としての自分が絡むようなことがあれば、他人にはあまり知られたくないことの記述もあり得るだろう。息子とはいえ、他人にはそれを隠しておきたいような事態もないとはいえぬ。だから……と考えかけて、自分が読んだ限りの父の幼児の記憶についてそこまで心配するのは大仰に過ぎようと思い直した息子は、親の家を出て鍵を閉めた。

お帰り、という挨拶が自分の家の玄関で妻との間に重なった。

——どうでした、おじいちゃんは。

床暖房のスイッチを入れた妻が振り向いた。

——検査はもう、やりたくないとさ。

——そうよね。自分のことではないけれど、私もそう思う。

上に向け揃えていた掌の中に、音もたてずに一つの果実が落ちてきた。乾いて皺のある掌は息子のものであり、そこに落下した皮の厚そうな果実は父親のものだった。

そんなふうにしてそれが渡される、とは息子は思ってもいなかった。これではまるで、先方が自分から出て来たみたいではないか、と呟く気分で息子はずっしりと重い変色しかけた白表紙の分厚い報告書を手にのせて確かめた。それは舞い込んだのでもなければ、掘り起したのでもなかった。天から授けられたかの如く、時間の向う側から自分に向けて届けられたのだ、と老いた息子は考えたかった。

5

父親が入院してとりあえずの検査が終り、すぐにも手を打たねばならぬような事態ではない、と木下医師の診断が下されてから、更に大がかりな検査は当面避けることに決めると、次はどうするかを考えねばならなかった。その矢先に原因不明の発熱が起ったため、とりあえず退院は見送り、しばらく様子をみようとの医師の判断に従うと、これまでとは少し違う空気が病室に生れていることに息子は気がついた。母親と息子と妻との三人のうち誰かが一日に一度は病室に顔を出す、といった日々の中でいつか母親の分担が多くなり、人の居ない親の家が狭い庭の向うに重く蹲っているとの印象が育ち始めている。それに応ずるかのように、息子は白いリボンで小さな鈴を結びつけた隣家の鍵を取り出しては、人気のない隣の家へと足を運ぶようになった。その訪問が病院に向うのは気が重い彼の、せめてもの仕事であるかのようだった。

隣の家を訪れたからといって、これとあげられるような仕事があるわけではない。ただ、足を踏み入れれば、庭に面した広い廊下にある父親の安楽椅子に一度は腰を下し、ガラス戸越しに外を眺めるようになった。儀式めいたそんな行為が、いつか父親の病いを押し戻し、再びその椅子に父を呼び戻すことにつながるのではないか、との思いが自分の内に湧いていることに息子は気がついた。一方、いつか父親は遠くに去り、母もその後を追うような日が来れば、この家はどうなっていくのか、といった不安を孕んだ思いが頭を掠めることもある。親の家の庭を半分ほどつぶして建てた自分の今住む家や、歳月を経ていよいよ古びていく親の住む家屋のあちこちを、自分の長男や更にその子供である孫達の姿がふと過ることもあるが、彼は頭を振ってそんな影絵を払い落した。いつかはそういった日が来るとしても、今そんな図柄を頭に描くのはなんとも面倒であるし、それはまだ遠い先の話なのだ、と彼は自分に言いきかせた。

父の安楽椅子の上で、寒さを堪えながら小さな庭を眺めつつ妄想との押したり引いたりを繰り返すうち、息子はふと父の書斎にはいってみよう、と思い立った。

二階の座敷の天袋の奥にしまわれていた段ボール箱の中身を調べる作業は終っていなかったが、それは息子が本来果そうとしていた仕事ではなかった。箱の中のノートに隠れていた幼い父親に興味を引かれはしたものの、それとは別の大人になってからの父親のことを知りたかった。

廊下に据えられた安楽椅子の上で過す父の時間がいつ頃から特に長くなったのかははっきりしなかったが、その前の父は廊下の奥にある書斎の机に向っていることが多かった。何か用がある折にそこを訪れると、父はゆったりとした肘掛椅子を廻して小さなソファーに坐った息子に対面したものだった。安楽椅子の父親より、輪郭の鮮明な父親がそこに坐っていた。そういう父親に特に会いたかったわけではないけれど、廊下の安楽椅子や病室のベッドの上ではないところに、あらためて今父親を置いてみたかった。するとその場の透き通った光の中に、父親の本来の像がはっきりと浮かんで来るような気がした。

寒さは変らなかったが、踏み込んだ書斎には廊下や居間とは違った尖った空気が籠っていた。微かな香の気配が感じられるが、それが記憶の底から漂って来たものか、それとも母親が何か思い立って実際に最近香を炷いたものかははっきりしない。

東と南に向いた窓からの光の中に、どっしりと重そうな黒ずんだ仕事机が置かれ、何ものっていないその表面が鈍く光っている。机の前に置かれた肘掛椅子に腰を下してなにげなくそれを回転させると、息子は天井までの壁一面を埋める書棚に向き合わされた。

判例集の類が背丈を揃えてびっしりと並ぶ棚から押し戻されるようにして、息子はそれと直交する北側の棚に目を移した。そこには厚さや背丈のまちまちな本が並んでいたが、上から二段目の棚の端に、そこだけ他とは少し違う雰囲気の書物が幾冊か立てられているのに気がついた。他の本がしっかりとしたサックに収められたり、藍色の背に金文字が刻み込まれた厳しい装丁の造りであるのに対し、そこにあるのは日に焼けた角ばった背に大きめな活字が並んでいるだけの、書物というより雑誌に近い佇まいの裸を思わせるものだった。服が掛かっている中に一部肌着でも吊されているのに似た違和感に引かれて息子はその書架に歩み寄った。手を伸ばしても届かぬので、近くに置かれていた小さな踏み台を運んで慎重に足をのせた。

それだけではまだしかし、作業は終らなかった。変色した表紙と別の裏表紙とが張り付いてしまったものがあり、無理に剝がそうとするといずれかが本体から離れてしまいそうな危うさを感じる。無理なく手にすることの出来る幾冊かの重なりをそっと摑んで棚から取り出す。脇の机の上に手の中のものを置き、すぐ踏み台に戻って同じ仕事を繰り返す。その頃にはしかし、自分の手にしているのが何であるかを、息子は摑み始めている。「司法研究」という表題や「司法省調査課」という発行元らしい文字が目にはいって来るからだ。

驚いたことに、厚さが二センチ程もあるかと思われるその冊子は、同じ物が三冊並んで棚の隅に立っていた。日焼けと染みのついた表紙には、「思想犯の保護を巡って」というタイトルと「秘」の字を四角い枠で囲った印があり、「禁転載」の字と昭和十二年三月と発行された年月が示されている。表紙に著者名はなかったが、角ばった背には検事の肩書と父親の姓名が一段と濃い日焼けの色に半ば埋もれるようにして記されているのが確められた。

迷ったり、ためらったりしつつ、ようやくそれを読んでみたいと父親に申し出た後、父の言葉に従って座敷の天袋に押し込んだ段ボール箱の底に眠っている筈だとばかり思い込んでいた目当ての冊子は、書斎の本棚の片隅に裸のまま肌を寄せ合うようにして三冊立っていたのだった。恐らく父が自分でもそこに置いたことなど忘れてしまっていたに違いない冊子ではあったが、同じものが三冊も並んで書棚に立っていたという事実は、その報告書に対する父の特別の思い入れを示すものであるに違いない、と息子は想像した。そして恐らくそのしまった場所を忘れて、見当違いの座敷の天袋の奥に押し込んだ段ボール箱の中にそれを求めようとしていた父親の記憶は、半ばは過ぎた歳月のためと、半ばは九十代にもかかった年齢のために、自然にぼやけて遠い日にあったことと思われているのかもしれなかった。

同時にそこには、いわば本能的に身を守ろうとする姿勢、過去の自分の在り方の一部を隠したい、とする父の願いが働いているのではないか、と息子は長い間疑って来た。そしていわばその象徴の如きものとして、他に著作を持たぬ父親の唯一のまとまった文章として、この分厚い報告書が残されているのではなかったか——。

その存在を具体的に教えてくれたのは、高校時代以来の友人で、昨年亡くなった手島だった。

大学では日本の現代史を専攻し、そのゼミで「転向」問題に取り組んでいた手島が、ある時興味深げな顔をして息子に訊ねたのだった。

「君の親父さんの書いた分厚い報告書があるの、知ってるか?」

手島の表情を見返しながら、相手が何の話をしようとしているかが咄嗟には摑めぬ息子は、何の報告のことか、と問い返した。治安維持法がらみの問題なのだが、その法律自体を論じているのではなく、そこから生じる「転向」という自らの思想を変える行為と、転向者のその後をどう扱うかにかかわる報告書なのだ、と手島は言葉をそえた。

「そんな話は、親父さんとしないだろうな」

手島は自分で軽く頷くようにしながら、それでも念を押すよう息子に訊ねた。

「仕事の話は、家庭内では一切口にしない人だから」

そうだろうな、と手島は頷き続けた。そしてその時、「思想犯の保護を巡って」と題された父親の書いた報告書があることを息子は正式に知ることになった。少年時代からの記憶の中に、確かな輪郭を持たぬまま、黒ずんだ影のようにぼんやり浮かんでいた一つの報告書が、手島の話によって急に確かな姿を備えて浮かび上って来たかのようだった。

「当時の思想検事の書いたものとしては、まあ良心的な報告書で、なかなか興味深いものだというのがゼミの教授の感想だったよ」

手島の話の中に挟まれた「思想検事」という言葉の前で息子は一瞬息を詰めた。それがどうやら父親の一時の職業を指す言葉であるらしいと知ったのは、恐らく息子が中学生か高校生になった頃ではなかったか。敗戦となり、公職追放の波が高くなった時、父が戦前と同じように仕事を続けられるかどうか、という心配がそれとなく家の中で囁かれたことがあった。その時、思想検事という職にあったことが問題にされるのは一定の長さや特定の時期にその仕事に従事したものに限られるため、父親はその対象にはならないらしい、と説明してくれたのは、当の父親本人ではなく、母親だった。仕事の話は家庭に一切持ち込まない、という原則は、形式的にはこの時も父親によって守られたようだった。その決まりが守られたかわりに、〈思想検事〉という呼び名は、どこか後ろ暗い影を引いたまま父親の背後にいつまでも伸びているように思われ続けた。

父親が書いたという報告書の正式のタイトルを教えてくれ、と息子は手島に頼んだ。お前が俺に訊くのは逆ではないか、と手島は苦笑しつつも鞄から取り出したノートをめくり、「司法研究」という司法省調査課の発行する誌名と、「思想犯の保護を巡って」という報告書のタイトルを教えてくれた。

現物はどこにあるのだろう、と思わず息子は呟いていた。それは君の家だよ、と手島は打って返すように答えてから、空襲ではうちは焼けなかったのだろう、とつけ加えた。それからまだしばらくの間、息子は父親にその報告書のことを口にすることが出来なかった。どこかに、肉親の恥部の話には触れまいとするのに似た躊躇いが生れ、それがますます表皮を固くし続けていくような気配が生れていた。

報告書の存在を教えてくれた当人であった手島も死んでしまった今、探索には自分が出て行く他にあるまい、と息子は考えていた。そして心を決め父親に向けてさりげなく報告書のことを訊ねた時、意外にあっさりとそれを受け入れて、探してみよう、と応じてくれた父親の対応に内心驚いたのだった。それが父親の過して来た長い歳月のせいか、それとも高齢による単なる記憶力の衰えのためか、息子には確かな判断がつかなかったのだけれど——。

時間をかけ、苦労してようやく巡り会った報告書ではあったとはいえ、その変色して破れかけている表紙や、末尾に一センチほどの厚さでつけ加えられている附表を孕んだ手にも重い印刷物を開き、その中に踏み込んでいくのが息子にはなんとも気の重い仕事に思われた。もしも正面から相手と出会うことが叶ったなら、自分は躍り上がるようにしてその印刷物の中に飛び込んでいくに違いない、と想像していたが、不意討ちのようにして当の報告書に出会ってしまうと、あまりに厭わしい行為に感じられて怯まざるを得なかった。

せめて父親が死んでしまった後ならば、少し事態は変っているのかもしれない。残されたものたちは、いずれも過去の影とでもいった黒ずんだ衣裳に包まれて、大袈裟にいえば歴史の襞の奥に隠れ、黙って消えて行くことが許されるのかもしれない。しかし、当の執筆者がまだ生きている場合にはどうなるか。最低でも、そこに書かれていることについて、今どう考えているかだけは確かめておかねばならぬのではないか——。

突然、足の下をこもった音が走った。それが離れた居間に置かれている電話の呼び出し音だ、と気づくのとほとんど同時に、書斎まで駆けつけて来た信号は、サイドデスクに置かれた電話の子機を内側から激しく叩いていた。

最初に息子が感じたのは、悪いことをしているところを誰かにみつかったような後ろめたさだった。そしてなぜか電話は親父からのものに違いない、との確信が後を追った。それは病院の個室からというより、もう少し高く遠い所からの呼び出しのように感じられた。父親の残した報告書について考え詰めていたために、その波紋が父親のもとにまで飛んだ結果なのかもしれない、と息子は想像した。

息の停まるような一瞬が過ぎると、それは留守の両親の家にかかって来た余所の誰かからの呼び出しなのだ、という判断が息子に届いた。親の住まいとはいえ、無断で上りこんでいる他人の留守宅で、そこに掛かって来た電話に出るべきなのか否か、という迷いに揺れてはいたが、放置すれば、留守宅に掛かった電話は誰も出る人がいないまま、やがて自然に切れて家の中にもとの静寂が戻るだろう、との見通しに息子は素直に従う気持ちになれなかった。

取り上げた受話器から届いたのは、男の乾いた声だった。早口でやや掠れがちなので先方の告げた会社名らしい名称は聞き取れなかったが、相手が個人ではないと知ると気が弛み、用件を話すようにと受話器に急き込んで答えた。

「何か御不用のものがあれば私どもでお引き取りしますが、処分に困っているようなお品がありませんでしょうか」

耳に流れた声は乾いて、どこかに事務的な明快さを含んでいるようにも感じられた。

「書画とか骨董といったものではなくとも結構です。つい片付けるのが面倒なまま家の中のどこかに居ついてしまったような品でも、しっかり拝見して引き取らせていただきます」

「本とか、印刷物の類も？」

息子の熱い頭の底をふと悪戯心めいた光が駆け抜けた。

「一度拝見させていただけませんか。どちらでも、御指示の場所に出向きますので」

「いや、場所はここしかないけれど」

「伺います。ない方がよいのだけれど、自分では捨てにくい、といった物もよくあります。そういったものの処分はおまかせ下さい。私共で責任をもって扱うように致します。たとえば、どういった種類の印刷物でしょうか？」

相手の口調にそれまでとは少し違ったニュアンスが滲んでいるような気がして、息子は自分の遊び心を踏み潰し、まだしきりに何か言い続ける声が洩れている受話器を乱暴にサイドデスクに戻した。もしそんなふうにして本当に処分することが出来たとしたら、あの三冊の同じ顔を持つ報告書は羽根でも生えたかのようにして誘い合い、囀り合って外光の中へ飛び去って行くのだろうか、と息子は想像した。もしそうなったら、自分も身体の重みを失って地上に降りられず、どこかの空をいつまでも舞い続けでもするのだろうか、と考えると急に不安に襲われ、父のデスクにしがみつくように坐って一冊の分厚い報告書の黄ばんだ表紙をめくってみずにいられなかった。その中に蹲っている父親に、「コンチワ」とでも上ずった声をかけ、すぐ脇を抜けて行くような気分だった。

表紙裏には発行者の言葉がページの中央に小さく囲まれていた。

「本報告書は司法研究第二部の会同（自昭和十一年七月一日至同年九月三十日）に於ける研究員諸氏の自由研究の結果を集めたるものにして司法部内に於ける研究の資料として配付する便宜上筆写に代えたるものなり（昭和十二年一月二十日提出）」

との言葉が記されている。そして息子が注目したのは、次に一段と小さな活字で印刷されている二行の注意書だった。

本報告書は尨大に過ぎ且提出時期遅延せるを以て内容の一部を省略するの止むを得ざるに至りたり

親父は失敗したのだな、と気づくと息子は急に気分が和らぎ、張り切り過ぎたんだよ、と慰めの言葉でもかけてやりたかった。なぜか「会議」とはいわず「会同」の呼び名に息子も子供の頃から慣らされていたが、昭和十一年七月に開かれた司法研究第二部の会同から報告書の提出される翌昭和十二年一月までは半年ほどしかない。その期間に「結論」まで四百八十八ページの本文を綴り、しかもそれが「尨大に過ぎ」かつ提出時期を「遅延」しているために一部を省略せざるを得なかった、というのだから報告書としてのまとまりや出来栄えはあまり芳しいものとはいえず、精神的にはやや肥満気味の愚図のあまり出来のよくない仕事として受け取られていたのかもしれない。もっと要領よく取り組めば報告書のボリュームも絞られ、提出期限も守ることが出来たであろうに、と考えると、父親の作業への取組みが過熱し、報告書の枠を踏み越えてしまったという失態に向き合わされた。

その想像は、目次に先立つ五ページほどの「はしがき」の中で必ずしも見当違いとはいえない手応えを与えてくれるようだった。息子はまずその書き出しに驚いた。

（一）人は皆二十歳前後に於て正確な意味で我に覚める。身体の発育の最高峰に近づくと共に思想的に先ず我を知らんとする。そこに反省が起る。不可解にして神秘微妙な我の存在に驚愕すると共に従来の我と今後の我即ち人生を考える。そこに人生観への出発がある。真の我を知らんがため人生の目的を知るために我と人との比較の必要を感じ、自然と眼は横の人生即ち社会に転ずる。ここに社会観が始る。社会を真に理解するため我々は歴史を繙き社会生活の発展の原則を探査する。そのため眼を縦の人生に向ける。ここに於て内より起る国家感が発芽するのである。
これは誰でも多少に拘らず持たれた経験であると思う。

こんなのありか、と息子は驚いた。これまで司法部内の報告書というものなど読んだことはなかったが、それが法律に関する論議ではなく、人生論めいた呟きによって始められていることに強い違和感を覚えた。これでは叙述はいくらでも広がるし、どの方向にも走ることが可能であったろう。

父親の書いた長い報告書めいた印刷物があるらしい、と息子が知ったのは十代の後半、大学にはいった頃だったに違いない。敗戦によってこれまでの空気は変り、それは家の中にまで押し寄せていた。仕事の話は一切家庭では口にしない、という父親の原則はそこでも貫かれ、思想検事についての言及はその後も一切なかった。もし父親が「公職追放」の対象となるならば、それは失職を意味するし、今後の暮しをいかに支えていくかは深刻な問題ではないのか、と息子は母親に確かめずにいられなかった。もし本当にそうなったら、弁護士登録でもすることになるだろうから大丈夫よ、と母親はあっさり答えた。決して納得したわけではなかったが、誰に訊いてみることも叶わぬまま、首を竦めるようにして息子は日を過した。東北地方の大学に籍を置いていた兄がたまたま帰京した折に公職追放の噂について確かめてみたが、兄も事情は摑めず、ただ首を傾げるだけだった。

そして事実、父親が思想検事であった時期はさほど長くはなかったらしく、「公職追放」の網の目から洩れて、いつか通常の検事の仕事に戻っていったようだった。

そういう事情が少しずつわかって来るにつれ、自分の中に別の疑問が生れていることに息子は気がついた。父親は思想検事としてあまり有能ではなかったのかもしれない――と。それは微妙な影を引く問題だった。

もし父が思想検事として辣腕をふるうような存在であったなら、自分はその事実を受け入れ、いわば誇りと恥との渦に呑み込まれるようにして父親を直視し続けることになるだろう。

他方、父がさほどの能力を持たず、ただ業務への熱意と誠意のみによって、やたらに長い報告書を、しかも指定された期限の切れた後になって提出し、無駄と思われる部分を省略までされた形で最終的には印刷されねばならなかったとしたらどうか。息子としてはもちろん後者の父親も直視せざるを得ないのだが、前者の父を見詰める視線と、後者の父を眺める視線とが同じであろう筈はない。そこから紡ぎ出される二つの父親像のどちらをも同じように迎え入れることは不可能だろう。

息子は病室のベッドに横たわっている筈の父親に思いを馳せた。身体の奥でぐきりと曲ってしまった歴史の黒い軸を抱えたまま、あの人は今、どんなことを感じ、何を考えているのだろう、と想像しつつ、息子は父のいない書斎の冷えた空気を静かに吸い込んだ。

6

原因のはっきりしない父親の発熱が治まるか、対処の手立ての見当がつくまでには、更に幾日かが必要な様子だった。

与えられたその猶予の時を利用するようにして、書斎にある本棚の高みから身を投げる如くに姿を現した白表紙の分厚い報告書を、息子はなんとか読み終えようと努めた。根拠はなかったが、それが父親の容態が安定するまでに果しておかねばならぬ責務であるかに感じられた。

しかも、当の報告書の冒頭に置かれた「はしがき」が、予想されたような法律用語をちりばめた乾いた文章ではなく、妙に意気込んだ人生論めいた言葉で始められていることに、息子は違和感と同時に奇妙な危うさを覚えずにいられなかった。まだ若い父親が、司法部内における研究の報告書として何を語り出そうとしているのか、予想がつかずに不安だった。

「はしがき」の人生論めいた語りは、やがて自らの歩んだ道の跡を辿るらしかった。学校生活における思想的指導などは全く形式的なものに過ぎず、様々な書籍をあさり、先輩を訪ね、寺院、教会の門をくぐり、同憂の士と談じ合うしかなかったが、自分の場合は個人的な家庭事情がその彷徨を長くは許さず、現実の社会生活を始めざるを得なかった、と続けられているのを息子は読んだ。それ以上に具体的な記述はなかったが、子供の頃からなんとなく家で聞かされていた父親についての話の記憶がそこにつながり、記されている内容を自然に補った。学校生活における迷いや煩悶の内容までは摑めなかったが、しかし、寺院、教会の門をくぐったとあるのが単なる修辞的表現ではなく、それなりの体験に基づくものであることを、選ばれた読者である息子に想起させた。いかなる経緯があったかまでは知らなかったが、貿易商であった父親の長男として進学した中学校がミッション系の私立校であり、そこでなにがしか宗教的な空気に触れたことは想像されたし、また母親が葛飾にある寺の娘であった故に、寺とのつながりは薄くなかった。

そして次にあげられる家庭事情とは、横浜山手の自宅で関東大震災に襲われ、父親が急死したことだった。母親と妹を抱えた父はなんとかその家族を支えていくために、就職やその後の転職を試みねばならなかったことを指すのだろう。そこまでの経緯は、祖母や嫁に来た母親から聞かされて来た話にほぼ繋るようだった。

斯くして私は官途についた。妻を迎え父となり、家庭生活と官吏生活を約十年経た。その間に私の思想は時計の振子が次第に中央に止って安定するように、自然に次第に安定して来た。そして彼の頃は若かったのだなあ、と回顧するに至った。自分の思想は個人的にも社会的、国家的にも中庸を得た客観的に正しいものであり、自分の一生をこれで律し得るものと確信した。

——何が始ったのですか、難しい顔をして。

居間のソファーに坐って白表紙の厚い報告書を開いた息子に、通りかかった妻が足を止めて問いかけた。

——難しい顔をしていたかね。いや、この相手がね、オヤジの昔書いたものだから。

——お父様の？

——ずっと昔、半世紀以上も前に書かれた司法部内の研究報告書……。

息子は微かな躊躇いを覚えながらも、端の方が日に焼けて黄ばんでいる白表紙の古い報告書を妻に示した。

——こんなに長いものを？　お父様一人で？

驚きの声をあげて立ったまま報告書の表紙を真上から見おろしはしても、手を伸ばしてそれに触れようともしない妻の反応に、彼は緊張を弛めると同時に、何か物足りなさを覚えた。内容を自分でもまだ知らぬうちに、たとえ一部に過ぎぬとしても他の者には先に読まれたくない、という気持ちが強く動くのを感じた。

——俺がまだ小さい頃だろう。何ヵ月もかかって、大変な仕事だったらしいけどな。

——なんだか、お遍路さんみたいね。

——なにが？

妻の意外な言葉に虚を衝かれた息子は尖った声を返した。

——白い衣裳が日に焼けて、端の方から黄ばんでいるみたいで、随分疲れている様子に見えるから。

妻はその表紙には触れず、揃えた指の腹で遠くからそっと撫でるような仕種を見せてからソファーを離れた。細い息を吐いた息子は、そこだけ幾度か読み返して来た「はしがき」にあらためて目を戻した。

然し果して自分の考え方は一人の真の日本人として、また日本の司法官として清算すべき何物も持って居なかったのであろうか。私は思想検事の職務上思想犯に直接接し、各種の思想関係の書籍を閲読しかつ社会の思想動行に間断なく眼を配って居る。此等の凡てから私に迫って来る真の日本的なものは、今迄私の頭に整理されて居た考え方を反省せしむるに十分な迫力と実質を持って居る。私は一日本人として、日本の一司法官としてどこを清算し、どこをどの方向に伸長して行かねばならないのか、また今後の自分の一生を貫く人生観、社会国家観の指導精神を何に求む可きか。そして日本はどこに行くのか又行く可きであるか。

此等の疑問と悩みを持ちつつ始めたのが本研究であった。従ってこの研究報告は多分に具体的方法論よりもその本質論に傾いたと思う。この研究を読んで下さる方は私と同じ人生、社会、国家に対する反省と悩みを持つ精神的な立場に於て批判して頂きたい。

何やら読み方にまで注文をつける随分身勝手な報告書ではないか、と思いつつ息子は父親の言葉を更に辿った。

私がこの研究題目を選んだ理由は所謂思想犯人がその罪を犯すに至った動機の純真性、公共性を想い、思想犯人の特殊性が他の犯罪者と異って優秀的なものを多く持ち、これを逆に国家社会のため貢献せしむる事のいかに有意義であるかを考え、更に左翼思想犯が転向という形式に於て既に自らその道に進んでおり、しかもその保護指導が相当特殊性を持ち、これを無視するに於ては其効果を全く期待し難いが、適切なる指導保護の加えらるる場合には却って労少くしてその効大なる事に気附いたのが根本であった。

それに続けて司法省においてもこの点に着眼し、第六十九回帝国議会に「思想犯保護観察法案」が提出され、昭和十一年五月に両院の協賛を得て公布され、同年十一月中旬より施行する運びに至った経過が喜ばしげに記されている。そして「思想犯の保護を巡って」と題されたこの報告書が、治安維持法違犯者のみを対象とする「思想犯保護観察法」についての研究報告であるらしいことを「はしがき」の末尾まで読んで息子はようやく理解する。つまりそこには、「転向」の問題なども濃い影を落しているに違いないことを息子に想像させた。

その詳細について、何かを質そうとするつもりはなかった。ただ、今は病室のベッドに横たわる父がもし何か言いたいことを抱えているとしたら、それだけは聞いておきたい、との強い願いが息子の内に目覚めていた。何かを予想してそのことを本人に確かめるというのではなく、うまく見当のつけられぬ何かを、父本人の言葉を通して探り出し摑みたい、その生きて動く気配に接してみたい、という望みが熱くなりつつあるのを息子は強く意識した。
お遍路さんみたい、という妻の洩らした感想が、報告書の内容などは全く知らぬまま、案外、父の素顔に光を当てていることもあるのではないか、と思うと落着けなかった。その反応に背を押されるようにして、「本文に参考とした文献はその大部分が非公刊物なので掲載することを省略する」と書かれた「はしがき」の最後の一行を読み終えると、底の見えぬ濁った流れにでも身を投じるようにして、息子は報告書の本文に頭から突込んで行った。

とはいえ、目次に掲げられた冒頭の一章「本法制定に至る客観的諸情勢」のうち、はじめに置かれた「国際的諸情勢」についての論考は、(内容全部省略)と括弧して表示され、見出しのみが列挙されている。そしてページを示す数字は記されず、すべての項目の下に「一」の数字が無表情に横一列に並んでいるだけだ。おそらくこれが「本報告書は尨大に過ぎ且提出時期遅延せるを以て内容の一部を省略するの止むを得ざるに至りたり」と発行者に注意書きを加えられた部分だったに違いない。報告者自身がその扱いにどのような反応を示し、不満を覚えたり、諦めたり、納得したりしたかは明らかではなかったが、目次のページ番号が「一」のまま全く動こうとはしないことに息子は反発した。内容は省略されているのでそこに何が書かれていたかは不明だが、見出しを辿って想像の先を手探りする程度のことはすべきであろう、と息子は考えた。しかしその国際的諸情勢が、欧州大戦以後の欧州諸国の行詰り、民族問題、国際的資本主義の行詰り、自由主義の行詰り等々として考察され、次にその行詰りの打開策として現れた諸情勢として、国際連盟の破綻や、伊太利のファシズム、独逸のナチス運動、ソヴェートの新経済政策と一国社会主義、人民戦線と国民戦線との国際的対立等々の見出しが、ただ看板の如くに立ち並んでいるのを眺めるしかない。中学生か高校生の頃、何かわからぬことがあって父親に訊ねると、丁寧に答えてはくれるのだが、その回答があまりに長く懇切で、遠くから土を掘って進まないと目的の場所には到達しないかのように時間がかかり、閉口したことを息子は思い出す。この報告書も、あんな調子で書かれたのだったろうか。

筆が次の「国内的諸情勢」の項に移ると、ようやく記述は流れ始める。それもしかしいささか大仰な筆致で、「我とは何か。我の存在は日本人たることの意識より始まる」と書き出される。

そこから報告書の筆は日本民族の起源に遡り、南方より渡来した祖先が北方の武の民アイヌ民族を平定し、「敷島の大和島根の美しき自然に起居して、其性格を益々明朗、率直、純潔、典雅にした。文を愛し平和を好む民族は、強敵と戦う事により自ら民族的自覚を生じ、その自覚は民族的統一の精神を強くし、斯くして日神の裔を首長と仰ぎ、血を同じゅうする各部族が共同の敵に対して次第に一致団結するに至り、ここに国家建設の基礎が不知不識の間に出来上ったのである……」と民族の歴史を辿ろうとする。その滔々とした流れの如き記述にいささかの自己陶酔の気配を感じつつも、一つ一つの語句には立ち止らずに息子はなんとか父親の息遣いに添って走ろうと努める。

そんなふうにして、報告書は「国際的諸情勢」の部は欠きながら、「国内的諸情勢」を左翼運動、満洲事変と国民的覚醒、国際情勢の影響などに触れつつ、単一一元なる日本民族の自覚に向って考察を煮詰めていく。構えは大きく、流れは滔々と進むようであるのだが、「思想犯の保護を巡って」と題されたこの研究を扱う発行者の眼には、その書き方があまりに大仰でテーマからは遠いところから始まる考察と受取られたのではあるまいか——。

それでもようやく「国内的諸情勢」についての論述が終り、報告の第二部に当る「外国立法と本法制定の経過」の章に移るや、「思想犯の保護観察に関する外国立法とその実施」の全項目が（内容全部省略）としてまたしても目次の上で凍結する。前と同じ現象が同じ手順によって繰り返されていることに息子は苛立ちを覚える。それが報告書の愚かな筆者に対するものなのか、頑固な発行者に対するものなのかが自分でもしかと摑めずに焦立ちを更に募らせる。

ただ、この章の終りに加えられたまとめの中で、どこも思想犯のみに対する保護観察を実施している国はない、としながら、例外として「支那」には「反省院制度」なるものが存在し、たとえば江蘇反省院が既に八八〇名の退院者を出したが再入院者が一名もない、との情報を疑わしげに紹介しているのに目がとまる。

「放蕩の子程可愛い親心」は親子の血の結合を語るものである。同胞の血の結合なき錯綜民族の間に於てはこの親心を生ずる筈がないのである。従って保安処分はあっても保護がないのである。

「反省院」という施設の名称に好奇の念を誘われつつ、それは日本で「転向」と呼ばれるものと通じるところがあるのだろうか、などとぼんやり考えながら先を急ぐ。しかしどこにもその種の言及はなく、またしても日本人の血の繋りへと筆は戻っていくらしい。

報告書の解読は、予想を越える難作業だった。二、三日あれば読み終えるだろうと見当をつけていた見通しは大きく外れ、あちらの言葉に躓き、こちらの言い回しが気にかかり、滑らかに記述を辿るのは難しかった。

専門の語句に立ち止り、この一文の意味するところは何であるか、などと考え、また別の言葉にぶつかると、これは前のどの記述と照応するのか、などとページをめくり返すことはあったけれど、しかしそれが報告書を読み進む上での最も大きな障害となったわけではない。

息子の足が止ったのは、むしろ論旨と直接関係はないのだが、父親の言葉の端にひっかかり、それに引き出されるようにして子供の頃の記憶が自分の中にしみ出して来るのに気がつく時だった。

——ある日曜日、床屋に行った父親が丸坊主になって帰って来るのに息子はぶつかった。毎朝ポマードをつけた髪を洗面台の鏡に向かってきっちり七三に分け、その上から更にチックを用いて櫛で癖毛の分け目を整えていた量の多い父の髪が突然消えた。かわりに妙に細長く見える剝き出しの父の頭部に向き合った時、幼い息子はうろたえずにいられなかった。どうしてそんな頭になったのか、と訊ねたはずだが、納得出来る答えは得られなかった。こんなふうにしなければならぬのだ、との返事だけが意味のわからぬまま与えられたように覚えている。あれは太平洋戦争に入った後で、どこか南の方の土地に海外出張せねばならぬ、との話が持ち上った時であったか——。

——似たような時期に、父が軍刀を携えて帰宅したことがあった。座敷に正座して鞘から抜き出した刀を顔の前に立て、それが息で曇るのを避けるためか二つ折にした白い小さな紙を口唇に挟んで立てた刀身を見つめる父親を、息子はいつもの父とは別の人を見るように眺めた。タンポンのような白い玉が先端についている用具で刀身を上から下へと軽く叩いていく父は、突然坊主頭になった時と同じような衝撃を息子に与えずにはいなかった。坊主頭も軍刀も、それが家の中に出現したのは太平洋戦争が始った後のいつかであると思われるので、この報告書の書かれた時期より数年も後であると推察された。にもかかわらず、報告書の中に単一民族であるとか、日本人の血の繋りであるとか、祖先にまで遡る宗教的な感情等に触れる文章が熱をもったまま身体に飛び込んで来る度に、父親の坊主頭や日本刀の記憶が異物のように息子のうちに蘇って来るのだった。

そんなふうにして、いわばよろけ続けるようにして、息子は厚い報告書を読み続けねばならなかった。入院中の父親の容態に大きな変化は見られなかったが、一部の薬の服用を止めたところ熱は下り始めたようだ、との話が病院から帰った妻によってもたらされた。報告書の表紙を見て、お遍路さんのようだ、と妻の洩らした感想を思い出した息子は、その巡礼もそろそろ終りが近づいたのだろうか、とぼんやり考え、巡礼が父の生命のことであるのか、それとも自分が今苦労している報告書の読解作業のことを指すのかがわからず、混乱して立ち止った。病院のベッドの父と、古い報告書の中に息を詰めるようにして立っている父と、二人の父が自分の前にいるのかもしれなかった。その二人をどう見分け、どう扱えばよいかに迷い、息子はまたしても落着きの悪い気分を味わわねばならなかった。もしかしたら、その二人の父の扱いを決めかねて、いちばん混乱しているのは、当の父親自身ではないのか、との疑いが息子の頭を掠めた。父はしかし、自分の書いた報告書を息子が書斎の本棚の上部に発見し、それを取り出して読み始めていることをまだ知らない筈だ。ベッドの父がもしそれを知ったら熱は上るのか、それとも鎮静に向うのか、と考えて息子は苦い笑いが込み上げて来るのを抑えた。

しかし父は当の報告書の存在を隠そうとはせず、むしろ息子と一緒にそれを探そうとする試みに協力さえしていたのだ、と思い直すと、父親自身が今、その報告書をどう扱おうとしているのかが摑めず、息子はただ縁の変色しかけている報告書のページをめくりながら、焦点を結ばぬ視野の内をさ迷うしかない。

報告書はしかし、時代を隔てた読者の混乱や疑問など置き去りにして大股に進んで行く。「思想犯保護観察法」の特異性を論じ、転向の問題を掘り進めつつ、これが報告者の信念の中心にあるらしい考え――「彼等は日本の国体に目覚めたのである」――を展開する。そこでは、民族の血の問題、家族の問題、国体と皇室の関係等が熱い言葉で語られてゆく。脚の長い若者の歩行に追いつかぬ際に似て、老いたる息子はひたすら論旨を追い、息を切らせつつ言葉を辿った。

あちらを削られ、こちらを省かれ、筆者本人にとっては不本意なところの多いに違いない父の報告書を、息子は辛うじて最後まで読み通すことが出来た。治安維持法に対応する思想犯保護観察法の制定経過、左翼思想犯の起因と転向、本法と日本精神といった問題が論じられ、ついで左翼思想犯の特質及び分類、保護の内容とその方法やこの法律の解釈上注意すべき諸点、左翼思想犯及びその保護事業の現状と将来への展望が考察される長い道程を経て、息子はようやく分厚い報告書の結語に到達する。四五〇ページ近くになってようやく現れるその「結語」は二ページ余の短いものではあるが、巻頭の「はしがき」に対応する緊迫したトーンのものであった。

私は以上で本文の筆を擱く。三ヵ月の研究はテーマの内容に対して余りに短かった。その大きな内容をこの貧しい頭と弱い心で纏め上げ、これをこの禿筆に写したのであるから、出来上って見ると甚だ貧弱な内容であって、御指導を賜った諸先輩に対して申訳ない念でいっぱいである。

どこでどんなふうにしてこの報告書が書かれたのか、そしてその作業は日常業務がすべて免じられた上での専一の作業であったか、それとも通常の仕事をこなした上での重複した仕事であったかの判断がつかず、息子はしばし眼を閉じた。自分自身の会社勤務の経験から考えれば、どちらも実現は不可能なように思われた。しかし息子が驚いたのは、そのような仕事の進め方ではなく、「結語」の中に響いている言葉の張りつめたトーンであった。それは冒頭の「はしがき」にあった意気込んだ個人的な言葉に対応し、それを凌ぐともいえそうな姿勢に溢れた一文だったからだ。

しかしこの研究は私の人生を真二つに縦に切り断ったものである。その意味に於て私には永久に忘れ難き契機となってくれた。安定しかつ正しき地位において安定したと考えていた私の凡ての思想の尺度は根本から引くり返された。安定と見えたものはしばらくの定着であり、正しき位置と考えたものは根本から誤って居ることを始めて知った。

そしてこの判断が合理一点張りであったがために、英国人、独逸人の考え方と少しも変らず、近時の思想問題についても、日本の伸び行く先に不安を覚えていた、と述懐し、「私も一個の個人主義的自由主義者に過ぎなかったのである」との反省に到達する。

私は左翼転向者によって「日本人」たる事を教えられた。外国から帰った人の所感を叩くとよく日本の一番良い事を覚って来たと告げられる。私は一度「日本人」の立場を離れて始めて「真の日本人」に帰った左翼思想犯より教えられたのである。私のすべての尺度はここで取り換えられなければならない。

それ故にこの報告書は私の懺悔録でもあるのだ。私の人生に於ける第二の一里塚なのである。

法律を主題とする検事の報告書が、個人の懺悔録や一里塚として「結語」の中に登場することに戸惑いと違和感を覚えつつも、左翼思想犯の転向を論じた章の中で、転向の原因として長い隔離生活を通じての家族愛の目覚めが重視され、その肉親という血の繋がりがいかに重要な働きを持つかを繰り返し読まされて来た目には、それなりの必然性があることは認められた。血の結びつきが手繰られ、それが家族からやがては国体にまで及ぶ論述の中では、個人的な叫びに似た言葉も綴ることが許されそうな気もした。そう考えてくれば、これは日本の若い一司法官の「転向」の言葉であるともいえるのかもしれなかった。

そこを読んだ時、不意に祖母の言葉が思い出された。——あんたのお父さんは「吾がロンドン」だからね——何をきっかけにしていつ頃聞いた言葉であったかも忘れてしまっているのに、「吾がロンドン」という祖母の唐突に呟いた語句だけが妙に鮮やかに頭に残っている。学生時代以降、英国に惹かれてなにかと洋風のものに憧れ続けていた父親がいたのだったろう。その人物が左翼からの転向者によって「真の日本人」に目覚めたのだとしたら、そこに新しい自分への転換が見られるように思われた。しかしそんな「日本人」は、今も生きているのだろうか。

戦争があり、敗戦があり、被占領の時代が訪れ、やがては独立する戦後の歳月の中で「真の日本人」は今でも生きているといえるのか。それとも、とうに歴史の陰に消えてもうどこにいるのかわからなくなってしまっているのであろうか。——そんな疑問をどうしたら父親の前に持ち出せるか、と息子は重い息を吐いた。

——やっと終ったの？

居間のテーブルに閉じた報告書を置いたままぼんやり天井を見上げていた息子に妻が声をかけた。幾日か続けて同じように報告書を読んで来たのに、今の自分の姿がどこかこれまでとは違って見えたのか、と息子はここ数日を振り返った。

——最後の札所がね。

報告書の日に焼けた表紙を見て、お遍路さんみたい、と呟いた妻の言葉を思い出して彼は応じた。

——それが終るとどうなるの？

——さあ……お札を受けて自分の家に帰るのかな。

——なんだ、戻るだけ？　……。

——だって、他になにが……。

——しばらく貴方、病院に行っていないでしょ？

妻の言葉がいきなり現実的な響きを帯びるのに彼はまごついた。

——そういえば、な。

——あまり間をあけないほうがいいわ。

——何かあったのか。

——昨日までのところ、特に変ったことはないけどね。

——二、三日のうちに行くよ。

報告書の中を生きて動いていた若い父親を払いのけるようにして息子は答えた。そのほうがいいですよ、と応えた妻は、はい、夕刊、という言葉とともに、郵便受けから取って手にしたままだった新聞を報告書の脇に置いてキッチンへと去った。

なにげなく開いた夕刊の文化面の片隅に、催物を知らせる小さな囲み記事のあるのが息子の目にとまった。もし父の報告書などに触れていなければやり過してしまったに違いないその告知に立ち止ったのは、息子の身体が知らぬ間にその種の動きに反応する神経を目覚めさせたからであったかもしれなかった。出版・検閲とか発禁本といった出版物等に関る件については全く触れることのなかった父の報告書であったにもかかわらず、息子の敏感になった神経はそれらからの刺戟に反応し、声にもならぬ声が彼の身に届いたらしかった。

お茶の水のある大学の図書館が数日後から開催するというその企画展示は、息子には見逃すことの許されぬ出来事であるように感じられた。そして発禁本という暗い影のある言葉のうちに、なにかそれとは別のものが隠れているような気分が身の内に頭を擡げて来るのを覚えた。

7

この前ここに来たのはいつ頃だったろう、と記憶を手繰りながら、老いたる息子は喘ぎ気味にプラットフォームからの階段を昇った。

大きな病院が幾つもあるのにエスカレーター等昇降の設備が充分に整えられていないことへの苦情がよく聞かれるこのJR中央線の御茶ノ水駅で、しかし息子自身はこれまで改札口への階段を昇ることにさほど苦痛を覚えたことはなかった。神田川の南側の崖の中腹を削った恰好で建造されたこの駅舎は、そこから外へ出るためには、とにかく崖の残りの高さを昇らねばならなかった。

今は駅の改築工事の計画が進められているらしいのだが、それが実現すればやがてエスカレーターやエレベーターも備えられて患者や老人も今より楽に病院に通えるようになるに違いない、との噂は耳にしたことがあった。そんな話にそそられるようにして階段を昇ることが急に苦痛になったのか、と息子は自身の年齢から目を逸らすようにして、手摺りを摑んで重い足を階段の次の高みへと運んだ。

改札口を出るとすぐ右手のお茶の水橋は昔のままだが、それを渡った先には二十階を越える巨大な建物が幾つか並んでいる。

晴れた日の午後の陽光を浴びたその高い壁は穏やかに日射しを反射して立っている。父親が入院している郊外の医大の附属病院より、同じような性格の病院でありながらも都心に近く、建物も規模もより巨大なこのような病院の方が医療も行き届いているのではないか、という思いがちらと息子の頭の奥を掠めた。

いや、あの大学病院は父親が自ら選んで通院していたものであり、今回も自分で連絡を取って入院したのだから、こちらに疚しいところなどない筈だと思っても、微笑するかの如く黙って午後の陽を照り返す病院の褐色の高い壁を眺めていると、なにやら後ろめたいような気分の密かに背筋を這い上るのが感じられた。

これは病院のせいではない。もし後ろ暗い何かが身の内に生れているとしたら、それは病院の規模の大小によるのではなく、これから訪ねようとしている場所のせいではないのか、と息子は自らの胸の奥を覗き込む。行き先に何がどんな形で待ち受けているのかは不明だが、いずれにしても父親のかつての仕事の足跡を探る、といった領域に自分が踏み込もうとしているのは確かであると思われた。

改札口を出た息子は、青に変った歩行者用信号に誘われるようにして車道を斜めに渡り、交番のある側の歩道に辿り着く。そこまで来ると、出かけて来たのが久し振りであったことに息子はあらためて気がついた。父親のいる病院への見舞いがほとんどであり、たまに輸入食品の多く置かれた店に買物に行く妻に荷物運びをかねて同行する程度にしか外に出ることがなくなっていた自分にとって、何十分も電車に揺られて都心近くまで出かけて来るのは珍らしい外出であるに違いなかった。そしてその遠出はただ距離の上だけでなく、歳月の面でも稀であることにあらためて気づいたのは、そのあたりにあった店の並びが昔と変り、ギターを中心にした楽器店の多いことは変らなかったがその佇いはなんとなく前と違い、どこか違和感を覚えたからだ。かつてここを通ったのはどのくらい前であったか、と目を泳がせていると、たて続けにこちらを追い越して行く学生らしい男女のコートやジャンパーの若い背中に引かれるようにして、いつか神田駿河台の下に向う坂を降っている自分に気づかされた。

坂の右手に大学の巨大な建物が現れるまでに時間はかからない。キャンパスらしい敷地の広がりのほとんどない大学は、その不足を高みに向けて求めたのか、二十階を越えるタワー館を空に伸び上らせて周囲の空気を吸い集めている。以前、この大学はどんな姿でここに建っていたのかを思い出そうとするのだが、なにやら古びた煉瓦か石の壁の校舎が坂に沿って横に延びていたような記憶を引き寄せる程度のことしか出来ない。

掲示板のガラスの内側に示されている建物の配置図を眺め、このあたりからはいればいいか、と見当をつけて息子は天井の高い仄暗い空間に足を入れた。

太い柱や壁に沿って置かれた長椅子の周辺に身を寄せて語り合っている学生達を眺めながら、ここに居る人達の中では自分が最年長であるのかもしれない、と気づいてふと居心地の悪さを覚える。それを振り払うようにして息子は奥の壁の前に設けられたフロントらしい囲いに歩み寄り、中に坐っている女性職員に図書館への進路を確かめた。思ったより近く、すぐ横の階段を数段下ったところから始まる半地下めいた場所が図書館の入口らしかった。

目の前に、電車の駅の自動改札に似た低いゲートが幾つか並んでいるのを見て、彼はまたその脇の囲いの中にいる男性職員にゲートの抜け方を訊かねばならない。

出版検閲と発禁本の展示会に行きたいのだ、と告げると、ああ、それなら、と職員はゲートの脇のやや気取った半円形の階段を愛想良く指し示した。降りて来たばかりの高さを急いで取り戻させるかのように誘うどこか装飾めいた半円形の低い階段の上に、図書館ギャラリーという金色の文字の表示が見えた。つまりそこはゲートを抜けた図書館の内部ではなく、建物の中ではあっても道端の小公園にも似た出入り自由の空間であるらしい、とようやく息子は納得し、目的先に辿り着いた満足を味わった。

今回の企画展示が、ある著名な蒐集家による発禁本を中心にした蔵書がこの大学図書館に寄贈されたことによって企てられたものであり、その一部が初公開される旨を説明する文章がギャラリー入口横の壁に掲げられているのを読んで、息子はそのこぢんまりした展示場に足を入れた。

壁面に示された写真や、展示台、ショーケースの中に並べられている書物や雑誌を眺めながら、息子は微かな戸惑いを感じ始めていた。置かれている印刷物は、同じ発禁本の名で呼ばれても二種類あり、一方は「風俗」上の問題を咎められた性を扱う小説の類が中心であるらしく、他方は「安寧」に関わる視点から糾弾された政治的な評論が中心となっているらしい、と見当がついたからだった。そして印刷された現物が置かれているのは政治的な文章を収めた雑誌や単行本が多く、「風俗」上の観点から発禁処分を受けた印刷物の数は少なかった。性と政治とが同じように問題視される場にいささかの違和感を覚えつつも、それにしても性の「風俗」を描いた現物の数が少なく、政治的文章ばかりの目につくことが不満だった。公序良俗の観点から見ればともに放置し難いとの見解が生ずるのは止むを得ぬのかもしれなかったが、それにしても両者の数のバランスはあまりに政治に傾き過ぎているように感じられた。と同時に、「風俗」に関る興味が自分の内にゆっくり身を起して来るのを彼は意識した。

それは久しく思い出したこともなかった、二十代初めに会社員となって地方の工場に勤務していた頃のことだった。男ばかりの独身寮の暮しの中に、時折回覧板のように廻されて来るものがあった。読んだら次は誰に渡せ、という指示つきの回覧物だった。質の悪い紙に印刷されたそれは幾人もの手を渡って来たものらしく、表面が毛羽立ち所々文字が薄れて読みにくかったが、それが露骨な性描写に溢れた小説らしい、とすぐに知れた。出勤する朝に寮の玄関で渡されたそれに一瞬戸惑うと、興味なければいいんだよ、と表紙もないその印刷物をすぐ手から取り上げようとする同僚にいやいやと慌てて首を振って応え、寮の部屋に大切に持ち帰って読んだ記憶があった。あれなどは「風俗」の科で処分される資格があったのかもしれないが、では具体的にそれがどのような話でいかなる場面に自分が興奮したか、などと思い出そうとしても既にすっかり忘れてしまっている。

父親の関ったのが、治安維持法などに関連する「安寧」の世界ではなくもし「風俗」の領域であったなら、このような発禁本の展示会などには出て来なかったか、と自分を振り返ると身の奥で何かが捩れるような落着かぬ気分に襲われた。結局は何の為に出向いて来たかが自身にもよくわからないのであり、ただ厚い報告書を読み終った弾みで出かけて来たに過ぎず、これは勇み足か無駄足であったのかもしれない、と考えながら溜息をつく気分で息子はあらためて展示場を見廻した。

かなり歳の進んだ共に小柄な夫婦らしい一組の男女が小声を交しながらショーケースを覗きこんでいる。あの人達はここでどんなことを語り合っているのか、と興味を覚えた息子は壁沿いの展示台を離れ、中央のケースの方に歩み寄った。

広くはない一室の展示場なのだから、その会場にいる入場者は承知しているつもりだった。小柄な二人連れは自然の足取りでショーケースを離れ、ゆっくりと出口の低い階段に向った。その他には若い男が一人、壁沿いの台に置かれた雑誌を熱心に覗き込んでいるだけだ。学生ふうの若い女性が二人、先刻まで場内を漂うように廻っていたのだが、その姿も今は見えない。何を求めてここに出かけて来たのか、その自問が次第に重くなるのに気づきながら、息子はそろそろ展示場を去ろうとする目でもう一度室内をゆっくり見廻した。入口とは反対側の奥の壁面に、横に長い写真の貼り出されたコーナーがある。その前は自分も二度ほど通り、近くにひと気はなかった筈なのに、少し暗くなった壁と壁の合わさり目からでも歩み出たかのように、黒いコートの襟を立てた中背の白髪の女性がこちらを向いて立っているのに気づいて息子は驚いた。すらりと背を伸ばし、微かに紫色を帯びるかに見える艶のある白い髪の頭を立ててゆっくりと彼に近づいて来る。

——やはり、無かったわ……。

呼び掛けとも、独り言ともとれる低い声がその面長な顔から放たれるのを息子は聞いた。一瞬、何か応えるべきか、何も聞えなかった振りをして遠ざかるべきか、いずれとも決めかねて彼は黒いコートの女性の顔を見返した。それが返事になったらしかった。

——あるとは思わなかったけど、もしかしたらという気がしたものでね。

続けていた話の先を継ぐように、相手は彼の顔から逸らした目を室内に泳がせながら穏やかな口調で呟いた。

——何かお探しだったのですか。

息子は自分の声が妙に嗄れているのに気づいて慌てて咳払いした。

——あったらいいな、と思って……。

彼の質問を受け止めたように相手は顔を立てた。

——何が？

思わず乱暴な反問になったのに慌てたが、何故かそれが礼を失しているとは感じられなかった。

——かぐや姫。

——え？

——竹取物語……。

――何ですか、それは。

――昔の、お話で。

――ええ、たしか平安朝の頃の大昔のお話でしょう?

――いえ、その昔ではなくて、戦時中の昔です。

「戦時中」という言葉が、相手のまわりに急に年齢の石垣を巡らした。戦前でも戦中でもなく、「戦時中」という呼び方によって彼女が自身の時間の中に歩み入るのが感じられた。そこから彼女が自身の年齢を片手に引っ提げて出て来たかのような衝撃を息子は受けた。そう呼ばれた時間は、彼にも覚えのあるものに違いなかった。小学校ではなく、「国民学校」と名称の変った学校に通っていた時代であり、「疎開」という言葉が幼い身の廻りを飛び交っていた時期であったろう。なぜか「戦時中」という言葉には、「戦前」といった際の遠く眺める感触はなく、「戦中」といったどこか漠とした時間を指す曖昧な響きもなく、まさにそこには空襲警報のサイレンの音や防空壕の土の湿った匂いなどの押し詰っているのが感じられた。日頃そんなふうに言葉の端などにこだわることのない自分が、何故ここで初対面の女性の放った片言に引っかかってしまったのかが不思議だった。

――その戦時中に、「かぐや姫」がどうしたのです?

息子は吸い寄せられるように相手の言葉に近寄っていた。

——あったのです、うちの押入れの中に……。

——昔出た本が？

——隠れるようにして……。

——なぜ隠れるのです？

——隠す人が、居たからでしょう。

——どうして？

問い返しながら、息子はあらためて相手を見つめなおさずにいられなかった。自分とさほど歳の変らぬはずの女性が、黒いカシミアのコートの立てた襟の中に固い顔を埋めるようにして、周囲を窺う素振りを見せた。

——どこか、ちょっと坐ります？

これまでのやり取りの到達点を示すかのようで、また新しい話の始まりを告げるようでもある低い声で彼女が言った。

——いいですね、近くにどこかあるでしょう。

息子が思い浮かべたのは、短い坂を登り切った上にあるホテルのティールームか、表通りに面した昔からの仄暗い珈琲店の奥のテーブルだった。

図書館の展示室を出て歩き始めると、相手との間にどのような距離を保てばよいかがわからずに彼は戸惑った。向き合って立っている間は、取り交される言葉が自然の間隔を生んでくれたのに、同じ方向に並んで歩き始めると、相手に近すぎてもいけないし、あまり離れるのも避けたい、という気持ちが働いて足取りがぎごちなく乱れた。

——ここでいいわ。

こちらの意向を確かめようともせずに彼女が足を止めたのは、隣接する建物の一階にある、教員食堂ふうの天井の高いレストランだった。飲食のために造られたというより、そこに空間があったから利用しただけ、とでもいった無愛想な場所だった。隅の方からゼミナールでも開かれているのではないかと思われる声高のやり取りの交されている様子が伝わって来る。もう少し静かな場所の方がいいのでは、と呼びかけてみようかと迷ううちに、相手は壁を背にした隅の椅子に腰をおろし、急に表情を消してほっと息をつくのがわかった。彼女の意向を確かめてウェイトレスにコーヒーを注文してから、彼も彼女の正面にそっと坐った。やはり、無かったわ……と展示室で最初に彼女が呟いた折の落胆とも不安ともつかぬ影が、静かに相手の顔の上に戻って来ているのに彼は気がついた。

——隠したのが、父であったか、母であったかはわからない。

——何故わからない？

——どちらももう亡くなってしまったから。

——隠したままで?

——きっと、本は空襲ででも燃えてしまったのでしょう。

——かぐや姫が?

——そう、華やかな彩りの打ち掛けを羽織ったまま、頬の豊かな顔を伏せるようにして——。

——どうしてそれを、押入れに隠したのです?

——持っているのを、誰かに知られたくなかったのかもしれない。

——知られると困る?

——表紙を開けたところに、大きな円いスタンプが二つ捺されている本だった。

——絵本ですか?

——いえ、小学生が読むような、物語の本でした。それが本棚ではなく、茶の間の押入れの中に、お煎餅の缶やなんかと一緒にはいっていた。

——それを小学生の女の子がみつけた?

——どうして自分の知らない子供の本が押入れにはいっているのか、って。

——そしたら?

息子は身を乗り出して訊ねた。

――お父さんのお仕事の御本だって……。

それを告げる時、相手の顔がどこか恥しげに歪んだように思われた。その歪みの間から、なにやら柔らかな色が滲み出て来るかのようだった。

――ええ、父の……。何故かわからないけど、あの表紙にあったかぐや姫に死ぬ前にもう一度だけ会いたい、会っておきたい、と願うようになって。

縦にこまかな皺の寄った口唇を窄めるようにして、相手は運ばれていたコーヒーのカップに口をつけた。コーヒーを一口啜ると、表情が急に緩んだ相手は展示室で最初に会った時の頼り無げな顔つきに戻っていた。

――おかしな話よね、初対面の方にいきなりこんな話をするなんて……。

――いや、場所が場所だから。

――どういう意味?

――だから、禁じられたものの並べられる場所だから。

――そちら様も何か禁じられたわけ?

――いや、親父が禁じる側の仕事をしていたことがあって……。

――それで、あそこにいらした?

――もしかしたら、自分の知らないものが何かあるかもしれない、と思って。そちらと逆だな。

――お父様、亡くなられた。

質問というより、断定に近い口調で相手が呟くのを息子は聞いた。一瞬の戸惑いが生じた。こんな時には、父は死んでいるべきなのかもしれぬ、という思いが身の奥を吹き抜けた。

――いや、実はまだ病院で……。

その答えに接すると、相手はまあと小さく声を放って顔を伏せた。それが単なる驚きの表現なのか、それとも自分とは違う立場の人間への反感であるのかはわからない。白いコーヒーカップに両手の指を添えた彼女がそこに固まった姿で動かなくなるのを見ると、その形のまま透き通ってしまうのを阻むかのように、彼は慌てて言葉を継いだ。ここでは彼女が探していたものへと話を戻すのが好ましいのではないか、と咄嗟に判断していた。

――どうしてかぐや姫は押入れの中などに隠れていたのです?

だからそれは、とやや苛立った口調で答えかけた彼女はふと声を飲み、顔を上げると彼に強い眼差しを向けた。

――帝のせいではないのですか。

――みかど?

――憶えていませんか、竹取物語。

——竹から生れたかぐや姫が、大きくなって、美しい女性に成長して、やがて月からの使者に導かれて天に帰って行く。

——帰る前があるでしょう？

——さあ、何かあったかな……。

——五人の貴公子達がかぐや姫をなんとか手に入れたいと願って、姫から次々と難題を持ち出され、それに応えられずに諦めるお話。

——聞いたことはあるような気もするが……。

——そして最後には、帝までがかぐや姫に思いを寄せられるのに、姫は頑として応じず、そのまま天に帰ってしまう……。

——帝も思いを拒まれる？

——拒み方は五人の貴公子達の場合とは違うけれど、でも帝の熱い望みを拒んだことに違いはない。

——それで？

——だから、不敬に当ると。

——誰が言ったのです？

——さあ、物語を読んだ人でしょうね。

――いつの時代の？

――だから、戦時中の……。

――お父上はどんなお仕事を？

――父は、検事でした。私は検事の娘です。

相手は挑むように強い声で答えた。その声のまま、彼女は問いを突きつけた。

――そちら様は？

――同じく。

そこまで答えて彼は声を飲んだ。相手のように、自分は検事の息子です、という言葉は何故か口に出せなかった。重い蟠りが胃の底あたりにどろりと溜っている感じだった。

――やはり検事で？

相手が自分にかわって代弁してくれたような気分を味わった。その顔から目を離さずに彼はゆっくり頷いた。

――お互いに知っていたかしら？

――同業の父親同士が？

溜っていた唾でも飲み込むようにして彼女が質すのを聞いて彼は確かめた。そう、と声にはならぬ口の形だけで相手は応えた。

――どうでしょう、職員録の上で名前くらいは見たことがあったかもしれないけれど、人数だって、かなり居たでしょうしね。

そうかしら、と彼女はどこか不服げな声を返した。

――父親同士は知らなくてもいいではありませんか。こうして私達、娘と息子が出合ってしまったのだから。

――そうかしら……。

再び不服げに呟いた彼女の対応が、父親同士の関係についての推測を巡る不満なのか、自分達自身の出合いの経緯に対する何かの疑いでもあるのか、そのあたりが摑めずに彼はしばらく黙って相手を見守るしかなかった。

――そうかしら……。

聞えるか聞えぬかの息に近い声が黒いコートの中からもう一度洩れた後、彼女は唐突に椅子を立って外へと出て行く気配を示した。

――待って下さい。

腰を浮かせようとする相手に検事の息子は慌てて声を投げた。二人の時間は終った、と告げるかのように外気に晒す表情を横顔に整えていた相手は、まだ用があるのか、と言いたげな視線を彼に戻した。

——折角ここでお目にかかったのだから、お急ぎでなかったら、もう少しお話を伺えませんか。

——急ぐ用などありませんけれど、でもなんのお話を？

——だから、かぐや姫を押入れの中に隠したお父上のことを。

——隠したのは母親だったかもしれない。

——それは先刻伺った。でも、どうして隠そうとしたのか。

——あ、思い出した。天竺にある仏の御石の鉢を取って来て欲しい、というのでしたわ。

両手でも打ち合せそうな弾んだ声を突然相手が放つのに彼は驚いた。話がずれたことを伝えようとした時、しかし彼女は既に言葉を継いでいた。

——次の皇子には、蓬莱の山に生えている、根が銀で茎が金で、白い玉の実がなるという木の一枝を折って来て欲しい。

——それは、求婚者に対してかぐや姫の課した難題のことですか？

——一番好きなのは、もろこしにあるという火鼠の皮の衣です。それなら、私も欲しい……。

急に声を落して身を沈めた相手が、着ているカシミアの黒いコートの中で縮んでしまったように見えた。その唐突な変容に戸惑いつつ、息子は彼女を先刻の検事の娘に引き戻そうと焦った。

――いや、押入れに隠されたお姫様の話ではなくて、隠した人のことなのです。

――もしかしたら、隠したのは私の知らない誰かであって……。

また別のどこかへと漂い出しそうな表情を見せる彼女に向けて、彼は押し殺した声で問いを投げた。

――もしかしたら、思想検事でしたか、お父上は。

短い沈黙の間があいた。それが不意をつかれたためか、あるいは棘を隠した言葉への咄嗟の反応であったのかはわからない。

――父に確かめたことはありません。ただ、母からなんとなく、そういうことを聞いたことがあるような気がしますわ。

一転して曖昧な声音に変った相手は、何を意味するかが彼には摑めぬ目つきとなって、ガラスの壁面の外を過ぎる人を眺めるようだった。

――それを聞いた時、どう感じました?

――別に、特には……。

――誇らしかったとか、恥かしかったとか……。

――まだ小学生、国民学校の生徒の頃ですよ。

――それでも、何か感じが残るということは……。

――戦時中の仕事のせいで、戦後に父が公職追放になるかもしれないことを心配していた時期はあったようだけど。でも、どうしてそんなことを？

――ごめんなさい。初対面の方に随分不躾なことを伺ってしまって。ただ、ずっと抱えていた自問なので、似たようなところを通って来た方に会ったら是非訊いてみたい、と願っていたものだから――。

――私のことはともかく、御自分はいかがなの？

椅子の上で小さく坐りなおした相手が、黒いコートの中からすっと背を立てるようにして質した。

――困った。それがはっきりしないので困っている。

――困ることはないでしょう。正直になればいいだけよ。

自分に小さく頷きながら小刀のような言葉を突き出す相手から逃れようと彼は椅子の上で首を竦めた。

――それが難しい。正直な自分が幾つもいるみたいで……。

――そのことを認めるのが正直なのかしら。それとも、一番狡いのかしら。

相手の言葉が次第に力を強める気配を漂わすのを感じて彼はたじろいだ。

――御自身も法律関係のお仕事を？

追い討ちをかけるように彼女が質した。

――それが嫌だから、普通のメーカーにはいって、四十年近く勤め上げましたよ。

――御立派。いいではありませんか、それで。

相手の言葉に単なる皮肉以外の何かが含まれているか否かが判断つかず、彼は対応に惑った。

――いいのかな、それだけで。

彼の言葉を無視して、彼女はテーブルの向うに立っていた。もう、行かないと、という呟きが息にのって口からこぼれた。

――急ぐ用はない、と先刻御自身が言われたではありませんか。

自分でも驚くような強い非難の言葉を彼女に投げてしまったことに彼はうろたえた。

――急ぐ用などありません。でも、行かないと……。

遠くの何かを凝視するように細めた眼をガラスの壁面の外に向けたまま、彼の言葉を素通りさせたかのように彼女はテーブルから離れようとする。

――わかりました。ただ、もう少しお話を伺いたい。そうしないと、ここに来たことの決着がつかない。

——私は決着がついていますわ。

——どんなふうに？

——かぐや姫は、やはり天に帰ってしまって、もうここにはいない。

——本当にいないのかな。

——からの巣を今日確かめたようなものですよ。

——この図書館で？

——そちらにお目にかかって。

——どういう意味だろう？

——そういう意味です。コーヒー、御馳走になります。

ガラスの壁から戻した顔を一瞬彼に向けた後、相手は微かに顎を引いてから椅子を離れようとする。

——わかりました。引き留めません。でもね、一つお願いがあります。

自分でも意外なほど強い声が出たことに、彼は驚いた。何か、と無言で問い返す彼女の表情が、これまでと違って穏やかな影を浮かべているのが彼を勇気づけた。

——お名前と、連絡先を教えていただけませんか。

——いいですよ、でも、どうして？

――このままだと、何も起らなかったようで困ってしまう。

――何か起ったのかしら。

――そう思います。ただそれはこちらだけの問題で、そちらには関係ないことなのかもしれないのだけれど……。

――構いませんわ。お知らせします。

面白いことでも始めるように、手に提げた黒いハンドバッグから濃い臙脂色の名刺入れを取り出した相手は、中から一枚の角の円い小形の名刺を取り出した。久しく見かけたこともないような、名前と住所だけが縦に小さな字で印刷された婦人用の古風な名刺だった。

――珍らしいものを見たな。その昔、母がこういう角の円い名刺を持っていたのを覚えていますが。

――これも大昔のものですよ。何十年も使った最後の幾枚かがまだ残っていて。それでも、行先によっては、なんとなく、それを入れた名刺入れをお呪いみたいにバッグの底に持って出る。

――貴重なものを頂いてしまったようで、申し訳ありません。私の方は勤めを離れて以降、こういうものを全く持ちませんでして。

――結構ですわ。

名刺入れを収めて蓋を閉めたバッグを手にした相手は、自分のアドレスを書いて渡すメモ用紙でもないか、と慌ててポケットを探る彼にやんわり告げた。

——いや、それでは一方的であまりに失礼ですから、私の方も……。

——いりません。

微かな笑みが静かな顔に漂っているのを見て彼は一層慌てた。何かを拒まれた気分が生れて焦りが増した。

——ですけれど、そちらを伺っておきながら……。

——もし連絡を下さるのなら、その時自然にわかるのではありません?

——それでいいのかな……。

相手を必要とする度合が全く違ってしまっているらしいことに、彼は微かな屈辱と戸惑いを覚えた。鷹揚に頷く相手は、ガラスのドアの方に顔を向け、あらためて歩み去る気配を示した。

——こちらがもし連絡しなかったら?

追い縋るように、彼は言葉を投げた。

——名刺は捨てるなり、焼くなり、処分して下さい。

——とんでもない。こんな歴史を孕んだような貴重なものを……。

相手の過した歳月がこめられているに違いない角の円い古風な婦人用名刺を手にしたまま、彼は黒いコートの襟を立てて歩み去る彼女をただ見送るしかなかった。レジの横を過ぎてガラスのドアから外へ出ようとした時、後姿のまま彼女が肩のあたりに小さく挙げた手を振ったように見えた。こちらも曖昧に手を挙げてそれに応じるつもりの身振りを示した後、坐り心地の悪い椅子に彼は再び腰を落した。今迄はなかった気にかかるものが一つ、身の奥に宿ったような違和感が生じていることを彼は感じぬわけにはいかなかった。手の中にある婦人用名刺の名前と、左隅に小さな字で添えられている豊島区の住所とが、これまで見たこともないような植物となって庭の隅にでもひっそりと現れた印象だった。

天井の高いその店でコーヒー代を払う時、検事の老いたる息子は、胸のポケットに入れていた小形の名刺を取り出して紙入れのカードの間にそっと移した。どんな時、どんなふうにその名刺の必要が生ずるのか、彼には見当がつかない。案外、なにか面倒なものを背負い込んだのかもしれぬ、という不安と気後れとが身の底に生れかけているのに彼は気がついた。少しずつ夕暮れの色の滲みかけている舗道に出て辺りを見廻した。坂の街には学生らしい若者達の連れ立って歩く姿が見られたが、男も女も単色の身形が多く、どこか索然とした空気が漂っている。別れたばかりの女性がどちらに向かったかはわからなかったが、おそらく坂の上にあるＪＲ線か地下鉄の駅方面であろう、と彼は想像した。出かけて来る時には頭の隅にあった、久々に古本屋街でも覗いてみようかという気分など、疾うに失せていた。突発した出会いのために動揺した状態のまま、病院にいる父親に会うことも避けたかった。

家に帰ろう、と彼は思った。帰った時、今日の出会いを妻にどのように告げればよいかを考えると、しかしそれもまた気が重かった。自分でも何が起ったかがよくわからないのだから、それを妻にうまく伝えるのは難しい。黙っていればいいのだろうが、ただ偶然の出来事として今日の出会いをやり過してしまうわけにはいかぬだろう、という予感が湿った土のように身の内に拡がり、その下からなにやら黒い芽の如きものが姿を現わしそうな気配が蠢くのを彼は覚えた。若い頃とは違って、何かを隠そうとするとその隙間から予想外のものが洩れ、かえって事態が面倒になることを学んで来た彼としては、今日の出来事はただそれだけの偶然事としてとりあえず妻に伝えておく、との判断に傾くしかなかった。と同時に、そのような密かな息遣いが久々に自分の内に身動きを起すらしい気配に戸惑いも覚えた。

電車を降りると、都心を離れた土地の上に広がる空はまだ充分に明るく、夕暮れには間がありそうな空気を漂わせている。電車では中年男性が席を譲ってくれたので坐って来られたのだが、駅のエスカレーターを降りて歩き始めると足腰に外出の疲れの熱く溜っているのが感じられた。

バス通りから折れ、住宅地にはいって自宅が近づくと、前方に灰色の幕を張り渡した囲いのあるのが目にはいった。一度更地として道を通る人々に姿を見せた後、今度は前よりしっかりした金属の網が丈も一層増して張り巡らされ、その上に灰色のビニール製の幕らしきものが重ねられているのが目にとまるようになった。小池さんの家の跡地に買手でもついたのだろうか、という噂や、新しい家が建てられるのではないか、といった話などを食事の折に妻から聞かされる機会がふえていた。それでいて自分の家を出入りする度に次第に目が慣れ、いつか道端の眺めの一つとして、幕に囲まれた人住まぬ土地は近隣の人々の暮しの中に場を占めはじめたようだった。

姿より先に、その灰色の囲いのあたりから甲高い子供の声があがり、外出に疲れて帰宅する老人に来訪者のあることを知らせた。長男の息子である二歳違いの二人の孫が、家の前の路上でビニール製のカラーボールを投げ合っているらしい光景が帰宅者を出迎えた。

——よう。

近づいた祖父はどちらにともなく陽気な声をかけた。コンニチハでも、ヒサシブリでもなく、小学校四年生の兄は、アアと聞える曖昧な声をあげ、二年生の弟は何も言わずに祖父の顔を見てただニヤリと笑っただけだった。

――早くから来ていたのか。

――オオジジの病院に寄って来た。

ピンクのカラーボールを手の中でこねながら兄の方が答えた。なにも聞かされていなかった祖父としては意外な返事であったけれど、こちらから頼んでなどいないだけに、若い連中が進んで病院に見舞いに行ってくれたのがありがたかった。

――どうだった、病人は？

――元気だったよ。もう帰るって。

弟の方が祖父に答え、お前が投げる番だぞ、早くしろ、と兄が弟に求めた。

――パパは？

――ママと一緒にうちの中にいる。

面倒臭そうに兄が答え、ビニール製の黒いバットを弟の方に突き出した。

なるほど、ひと巡りしたのだ、と考えながら祖父は道の脇に身を引いて弟がビニール製のピンクのボールを兄に向けて投げるのを見守った。家の前のこの道でこんなふうに息子にカラーボールをよく投げた、という記憶が遠くから蘇って来る。

記憶のかわりに、とでもいうかのように、玄関の扉が開いて長身の息子が姿を現わした。突掛けたサンダルを引きずるようにして門扉に近づいた息子に、よう、と父親は手を挙げた。何か曖昧に応えながら道に出て来る息子に、病院に見舞いに行ってくれたそうだな、と言葉をかけた老いたる帰宅者は入れ替りに家にはいろうとした。

――お前もよく、ここでボールを投げたり、打ったりしていたよな。

二人の孫よりもう少し年齢の開きがあった息子達兄弟は、兄のほうが友人達とどこかへ遊びに行ってしまうと弟のほうは独りになり、よくプレーヤーとして休日などに父親が家の前の道に呼び出されることがあったのが思い出された。そんな遠い日々の記憶が、今日訪れた大学の図書館で発生した予想外の出会いから生れた重苦しさを、紛らしてくれるようでありがたかった。

――それで、打撃が良かったから、球が遠くに飛び過ぎてボールを沢山なくしたんだ。

昔のことを懐しむというより、その時間の中に身体ごとはいりこんでしまったかのような顔つきに変った息子は、黒いバットを振りかざして両足を広げ、このあたりに投げろ、とピッチャーに指示した。振りかぶって投げた兄の第一球は力がはいり過ぎ、門扉の上を越す暴投となった。それを拾いに行かされた弟が文句を言いながら兄に渡したピンクのボールの第二球は、濁った音をたてて空高くに舞い上り、ゆっくり頂点を越えると急速に落下して小池家のビニール幕の向うに姿を消した。

ホームラン、と叫ぶ父親はバットの先を球の消えた灰色の幕の彼方に突き出してくるくると廻してみせた。

——ばかだな、ボールはもう、あれ一つしかなかったんだぞ。

弟はボールの消えた幕の奥を覗こうとするかのように両足を揃えて跳び上り、父親に非難の声を浴びせた。

——良い当りだった。ボールはまた買ってやるから。

高く舞い上った球の行方を追う音色のにじんだ声を幼い兄弟の父親が空に向けて放つのを祖父は聞いた。そうではなくて、今、ここで投げたり打ったりするボールがもうなくなってしまったのだ、と涙声になって訴える抗議を受けた父親は、まだどこか快打に酔った響きを残す声で応じると、兄にバットを渡し、弟の背を押すようにしてすぐ商店街へと向う姿勢を見せた。ビニールの幕など張られていなかったかわりに分厚い生垣の茂みに囲まれていた小池家の庭に、あの頃もこんなふうにして様々な色のカラーボールを打ち込んでいたのかもしれない、という想像が祖父の頭に浮かんだ。

その時だった。下の孫が奇声を発して道を走り、溝に転がるピンクのカラーボールを追うのが見えた。

——どうしたんだ?

祖父は思わず息子に訊ねた。

――小池さんちの方から、ボールが投げ返されて来た。

思わず脱げてしまったらしいサンダルを片足に履きなおして息子が答えた。

――おかしいな、小池さんはもう居ないんだぞ。

――どうして……。

――家が壊されて消え、庭は土だけになったんだぞ。

――知っているよ。でも、ボールが投げられて来たんだ。

――見たのか?

――気がついたら、道の隅で弾んでいた。

ボールを手にした孫の方が、灰色のビニール幕に駆け寄って隙間から中を覗こうとした。

――やめろ、そこにはもう何もない。

――でも、あの中から飛んで来るのが見えたんだよ。

――誰か居たのかな……。

祖父は信じ難いといった声で呟いた。

――小池さんだよ、きっと。俺がこいつら位の頃、庭にはいったいろんな色のカラーボールをいつもポリバケツに入れてまとめて返してくれた、あの小柄なおじいさんだよ。

――あの人は、もう、しかし……。

その先、定かなことは何もわからぬ祖父は言葉を濁した。

――はいろうよ、うちに。

大人の話の調子が変ったのに気づいたか、幼い孫はピンクのボールを手にしたまま玄関に足を向けた。

8

病院に見舞いに寄ってから来たという孫に、オオジジは家に帰ると言っていたよ、と聞かされても、息子はそれを本気で受け止めることは出来なかった。入院患者とは常に退院を望んでいるものだ、と信じている息子は、それをただ父親の願望の表明に過ぎぬものとして聞き流そうとした。

しかし翌日の夕刻、病院から帰った母親に、父には一時退院の話が出ているようだが本人の思い込みとばかりはいえぬ様子なので、一度木下医師の見解を確かめて来て欲しい、と頼まれると、息子も父の言うことをただ病人の勝手な望みとして遣り過すわけにはいかなかった。

入院当初に比べ、母親と妻にまかせるようにして、息子の病院への見舞いは明らかに回数が減っていた。患者の病状にその後さし迫った変化が見られぬことも理由だったが、もう一つには、病院の個室で父親と二人だけで時を過すのが、次第に気の重いことに感じられるようになったからでもあった。

自宅であれば周囲に日常の暮しがあり、たとえ父親と二人で向き合っていても、そこには自然の雑音がはいり込み、言葉のほぐれてくる感じがあるのに、病院の明るい個室でベッドの枕の部分を起し、そこに背を預けるようにして休む父に向き合っていると、何か言葉を探さねばならぬ焦りに追い立てられた。

それでも今日は、医師の見解を質すという仕事があるだけに、気分は多少いつもと違っていた。告げられる内容が「吉」であるか「凶」であるかは息子には予測のつかぬところがあるのだが、とにかく患者の状態はその後安定している、とナースステーションの隅に置かれた短いソファーに坐った息子は木下医師に告げられた。そのまま良い方向に進むとは考えにくいけれど、すぐに大きな変化が起る気配も今は認められない。したがって、この先の面倒な検査を避けるとしたら、当面、病院としては特に手当てすることはない。自宅で薬を飲み続けながら定期的に様子を見るのが好ましいように思われる……と、どこか歯切れの悪いところを残しながら医師は見解を述べた。今の話は「吉」の知らせであるか、「凶」の通達であるか、を確かめたい気持ちは息子の中に強かったが、この際、それはどちらでも同じことなのかもしれない、と考え直した彼は、わかりました、とのみ小さく答え頭を下げた。もし何か変ったことが起った場合には時間に関係なく直ちにこちらに連絡して下さい、と少し声を張った医師は低いテーブルの向うに立ち上った。

ナースステーションを出てエレベーターホールの方へと向う医師と別れて息子は父親の病室へ戻った。

——どうだった？

半ば起したベッドの上から身を乗り出すようにして父親が質した。病状は安定しているから、当面は家で休んで定期的に診察を受けに来るように、という医師の言葉を息子は伝えた。その見解の底には、今や病院では患者に施すべき治療はないので、退院してもらいたい、との意向が窺われたが、そのあたりのニュアンスを父親に卒直に伝えるのは避けたかった。

退院の許可がおりた、との話は父親を元気づけた。入院までの日常がたちまち目の前に広がり、その中に頭から突込んで行きそうな勢いを白いパジャマ姿の父親は示した。今ここで、病状が快方へと向い、やがては入院前の状態へ復帰出来るまでに至る、との楽観的観測は、その先を予測するとかえって好ましくないように思われた。大きく揺れる振子は反対側にも同じ幅で動く、といった不安が息子の中に生れていた。

帰る家の庭の様子や、リビングの中でのテレビの位置を変える話、蓋がうまく開かなくなった郵便受けの修理か交換など、気がかりのまま中断していたらしい瑣事をひとわたり口にした父親は、ふと思い出したような口調で息子に訊ねた。

――ところで、みつかったかね、あれは？

――何が？

息子には、父の口に出したのが何であるかは見当がついたけれど、どこか慌てるような気分でとりあえず問い返した。

――お前が二階で探していた例のものだよ。

――本のように厚い報告書のこと？

――見たいといったろうが。

息子の反応が気に入らなかったのか、ベッドの上に身を起している父親は咎める口調で質した。

――ああ、いや、まだ……。

咄嗟に、何故か本当のことが言い難《にく》かった。

――おかしいな。特別のところにしまったつもりはないのだが――。

――入院騒ぎなどがあって、あの後、あまり熱心に探していなかったものでね。

なぜか、弁解する口調になっていくのを息子は意識した。父親の方がかつて書いたものを隠そうとしているのではなく、息子の側がそれを読んだことを今は父親に知られたくない、と感じる理由が彼にはうまく摑めなかった。

報告書の中で出会った父親の記した言葉、とりわけ、「結語」の部分に刻まれた反省の弁――それ故にこの報告書は私の懺悔録でもあるのだ。私の人生に於ける第二の一里塚なのである――といった言葉などが、あまりに剝き出しのものであり、どこか気恥かしく感じられた。そこに書かれていた若い父親の言葉を、半世紀以上もの時間が流れた今、あらためて白日のもとに晒すことに躊躇いと気恥しさを覚えた。戦争中のある日曜日、床屋に行った父親が突然丸坊主になって帰って来た時の驚きと、見たこともなかった父の剝き出しの頭の形、その意外な長さに戸惑いと気後れを覚えた記憶が蘇って来る。もしもそれが何十年か前に自分の書いた文章であったなら、すぐに破り棄てるか燃やすかしているだろうか、と考えてふと立止る自分がいるのに息子は気づく。立止ったから何かをするというのではなく、どうすべきかがわからぬから足を止めたというに近かった。

――どこかにもう一つ、別の段ボール箱があったかな。

退院に向けて気持ちの傾いているらしい父親は、息子の逡巡や混乱などに気づかぬ様子の声を放った。

――退院して帰ったら、またゆっくり探してみるよ。手伝ってもらって。

ようやく父の声に添うように息子は答えた。ああ、とのみ小さく応じた父親が、話す相手ではなく、半ば起したベッドの正面の壁の方に頷くのを息子は見た。あまり見慣れぬ表情がその顔に浮かんでいるのに息子は気がついた。

——その頃、あの報告書が書かれた当時は、同じような仕事をしていた検事というのは幾人ぐらいいいたのだろう。

「思想検事」という言葉を口に出すのはなんとなく躊躇われた。

——百人足らずだったかな、全国で——。

——同種の仕事に携わる人達とのつき合いみたいなものもあったの?

——会同とか、研究会のようなもので顔を合わせる機会はあったがね。どうしてそんなことを知りたいんだ?

正面の壁に向けられていた顔をゆっくり回して自分の方を見る父親の言葉に息子はうろたえた。

——いや、あれは随分厚い報告書みたいだったから、同じ仕事をしていた人達も読んだりしたことがあるのか、となんとなく想像してさ。

父親との奇妙なやり取りを自分が始めてしまったらしいことに気づいて息子は立ち止る。一つには、あの分厚い報告書はどこかに仕舞い忘れたまま発見されていない筈なのに、実は探し物は父の入院中に姿を現わしており、しかも息子は苦労してそれを読み終えているからだった。

息子にはしかし、そこに書かれている内容に関して父親と正面から言葉を交す心構えも、姿勢も全く整っていなかった。というよりむしろ、どうしたらそういう態度を取り得るかが摑めない。したがって息子は、あの分厚い報告書の発見やそれを読了した事実を隠したまま、父親にあい対していかねばならぬ後ろめたさを抱え込んでいる自分にあらためて気がついた。何も知らなければ、ただ隣同士に住む老いたる親子として日を送っているだけでよかったのに、分厚い報告書を読んだばかりに、気持ちの上でなにやら面倒なことに捲き込まれねばよいが、と息子は細い息をついた。

同時にもう一つ、自分の中に動き出している影があることにも息子は気づいていた。坂の下にある大学の図書館で開かれていた発禁本の展示会場で出会った、もう若くはない女性の存在だった。勝手気儘というか、奔放というか、どう扱えばよいかがわからぬまま言葉を交していた相手が、かぐや姫の話から子供の読む本のことに移り、やがてそれを扱ったかもしれぬ自分の父親の仕事に触れて、私は検事の娘です、と告げた女性の姿が、時にふれてふっと頭を過るのを意識した。もしかしたら、父親達は同じような仕事をする役人同士としてお互いに知っていたのではないか、という彼女の憶測は、それを聞かされて以降は息子の中にも住みついて見え隠れするようになっていた。

彼女と出会った翌日、息子は父親の書斎にはいって法曹会から刊行されている裁判所・法務省・検察庁を一まとめにした重い職員録を引き出して、彼女から渡された婦人用名刺の姓をそこに求めていた。無駄な作業であろう、と予測したとおり、そこからは何も知り得なかった。第一に、職員録の発行は平成年代にはいってからであり、息子の求めるような戦時中の記録は当然そこにはなかった。職員録は書斎の書棚の下段隅に幾冊かあったが、いずれも新しいものばかりで、昭和年代に刊行されたものなど一冊も見出せなかった。

それでもなお、何かの手掛りは得られぬか、と巻末の索引をめくり、あいうえお順の姓の索引を開いて、彼女から渡された名刺の姓を調べた。時代が異なるのだから、たとえ同姓の人物がそこに居たとしてもそれはなんの意味もない。その前に、彼女の名刺にあった姓が、父親の姓と同一であるとは限らない。結婚していればそれは変っているだろう。いや、彼女が若い頃に使っていた名刺の残りだと言っていたことを思い出せば、それは結婚前のものであり、父親と同姓である可能性は残されている。それだからといって、しかし何かを知ったり、調べたりする手立てがそこにあるとは思えない。

つまり、歳月を無視した全く見当違いの馬鹿げた行為を自分が行っていることは、その作業に取りかかる前から、息子にはわかっていた。と同時に、その愚かな行為を遂行すること自体の内に、なにやら異様な充実感と気持ちの昂りとが隠れているらしいことにも気がついた。結果が必要なのではなく、過程そのものが切実なのだ、と息子は感じていた。一つ調べて愚かさに気づき、一つ調べて予断の滑稽さに呆れながら、彼は次第に自分が子供の頃に感じたある気持ちの方へと近づいていくのを意識した。そこに一冊の職員録があった。本というより箱に近い厚みを持つそれは子供の手にずっしり重かったが、表紙の色は平成版の淡い水色ではなく、濃い灰色に近かったように覚えている。小学校から名称が変った国民学校の、三、四年生の時期ではなかったか。

ある日、何かの折にその重く角張った本を持ち上げて、これはいかなる本であるか、と母親に訊ねたことがあった。それはお役所の人達の名前が載っている本なのだ、と母親は教えてくれた。それなら、お父さんの名前もあるのか、と息子はまた問いかけた。もちろんあるよ、と答えた母親はその重い本をめくるとあるページを開き、息子に示した。役所の名称らしきものがやや大きな字で上に示され、その下に並ぶ幾人かの姓名の内に、確かに父親の名前があるのを息子は確かめた。理由ははっきりしないものの、何故かそこに父の名前を認められたことが誇らしく感じられた。それ以上の説明を母親は加えなかったが、息子はなにか新鮮な気分を覚えて満足した。父親の職業がどのようなものであるかを知ったのはもう少し先、国民学校の四、五年生になった頃ではなかったか。その理解は検察官と警察官の違いはどのようなものであるか、といった程度のものに過ぎなかったが、いずれにしても職員録の記憶は、息子の身の内深くへと降ろされた錘《おもり》となって生きているようだった。

それがあったからこそ、職員録を巡るあのような愚かな試みに熱中し、結果はともかく、人探しの真似事のような試みの中に身を浸すことが出来たのではなかったか、と息子は我が身を振り返った。

父と話して知ることが出来たのは、結局は思想検事と呼ばれる人々が昭和十年代の始めには全国に百人ほどいたらしい、という程度のことのみだった。老人の朧な記憶に過ぎぬのかもしれぬその人数が、当時の検事全体の中で多い数なのか少ない数なのか、の見当も息子にはつかなかった。発見もされず、内容も読んだことがない筈の報告書について、それ以上のことを父に訊ねるのは不自然であると思われた。

一歩退くようにして、息子は厚い報告書から身を離すように心掛けた。同時にしかし父親は、息子が厚い報告書を家の中のどこかで発見し、既にそれを読み終えていることを承知しているのではないか、との憶測が自分の中に育ちはじめているのに気づいてもいた。主語だけを省いた会話を交し始めているような落着きの悪い気分が父親との間に生れかけている。一時的なものかもしれぬ退院を前にして、精神状態もこれまでとは違うだろうことを配慮した息子は、当面父親との間で報告書にかかわる話は口にしないことにしよう、と自分に言いきかせた。

　すると、そのかわりにとでもいうかのように、発禁本の展示会で偶然顔を合わせた女性が、これまでに増して気にかかる存在に育ち始めていることを息子は意識した。親切でもなければ優しくもなく、力のこもった主張を口にしながら乾いた足取りで前に進もうとする、どこか少女めいた影のあるその人物が、遠くから彼のことを見詰めているような気分が生れると落着かなかった。

　もう一度会ってかぐや姫の話を聞き、自分の父親にどのような感情を抱き、もしかしたらかぐや姫を押入れの奥に押し込んで隠さねばならなかったような父の仕事に、いかなる印象を持っているかを確かめてみたかった。こちらの住所や氏名を知ろうとはしなかったが、自分のことは古い名刺などを持ち出してあっさりと教えてくれるのが不思議だった。誰に対しても同じ態度をとるわけではなく、父親同士が同じ職業についていたことを知ったための、いわば内輪の意識が働いたためとも想像されたが、では何故こちらのことは何も訊ねようとはしなかったか、が不思議だった。ただ面倒なだけであったのか、関心を持つ程の相手ではないと見縊られたためか、それとも、必ず次のアプローチがあるからそれを待てばよい、と高を括られたためであったろうか——。いずれにしても疑問は残り、その中で関心は高まり、自問自答を繰り返すうちに相手はますます影を濃くしていくようだった。先方はこちらの名前も住所も知らないのだから、連絡を取ろうとするならこちらが動くしかない、という事情にも励まされ、息子は行動を起そうとした。

そこでまた、彼は立止らねばならない。どのような方法で相手に接近すればよいか、に迷ったからだ。彼女に渡された古い名刺には左端に住所のみが虫のような小さな字で記されていた。しかしそもそも彼女がどのような暮しを送っているのか、家族に囲まれているのか、あるいは老人の独居生活なのか、老いた夫婦のみの毎日であるのか。そのあたりのことも歴史的紙片のような小さな古い名刺からは全くわからない。

もし彼女が独り住いでなかったら、一通の葉書や手紙が彼女の周辺にどのような波紋を広げるものかは想像がつかない。自宅の郵便受けの小さな扉を開けてダイレクトメールや商店の売出し広告、リサイクル店の開店通知などといった印刷物の中に、たまに肉筆の手紙や葉書が混っているのをみつけた時の驚きや感情の高まりが思い出されると、そんなふうにして自分の書いたものが受け取られることに、彼は危うさと気後れを感じぬわけにはいかなかった。

結論として彼が辿り着いたのは、直接彼女の住いを訪れてみる、という企てだった。家を探し当ててどうする、といった見通しなどなかった。地名変更が行なわれているとしたら旧住所の新地名への読み換えなども必要かもしれない。しかしこの計画の何より好ましいのは、目的の場所に出かけて行ったとしても、そしてもし目指す住いを発見したとしても、そのまま黙って立去れば、何もしなかったと同じ結果に終るという点だった。家を見るだけでは彼女に会うという目的は果せないが、電話や郵便物のように強引に他家にはいり込もうとする無神経さは避けることが出来る。だから、半分逃げ腰で目指す場所に近づいてみるだけだ、と息子は自分に言いきかせた。結局のところ、自分が彼女に会いたいと思っているのか、会うことを本当は恐れているのかがはっきりしないようだ、と考えるしかなさそうだった。

いつか陥ってしまった穴の内側の壁を巡り続けるようにして、息子は二日後と定まった父親の退院の日までを過した。念のため、隣家の父の書斎にはいって前と変っているところがないかを点検した。書棚の上から二段目の並びの端に三冊並んで立っていた厚い報告書が、前と同じ佇いを保っているのを息子は確かめた。家に持ち帰って読んでいた一冊をそっと前あった場所に戻したが、気のせいか、そこだけ書物の並びが少し乱れているように目に映った。その他は、室内に変ったところはなさそうだった。

夕刻、日課としている散歩に出た息子は、いつも辿るのとは一筋違った住宅地の道の端を歩きながら、ある家の車庫の出入口に置かれた側溝をまたぐ黒いブリッジのようなものを踏んで足を滑らせ、そのまま道に向けて横転した。左の脚を少し捩り、膝の辺りを打ったようだったが、さほどの痛みは感じなかった。ほんの短い間、彼は道に転がって見慣れぬ景色の新鮮さを味った。脇の道から、夕暮れの買物にでも行くらしい小柄な老女が現れた。道に倒れている彼に気づいて一瞬足をとめ、次の瞬間には汚ないものでも見る目つきに変ってまたバス通りの方へと足早に歩き出す。道の先にハザードランプを点滅させながら停車していた宅配便のトラックの後部扉が開き、道に飛び下りた大柄な若者が路上に横たわる人影に気づき、大丈夫ですかあ、と歌うような大声で叫びながら駆け寄って来る。道に寝転んだままだった彼は慌てて身を起し、膝をかばって立ち上りながら、大丈夫大丈夫、と若者に向けて手を振った。足を止めたユニフォーム姿の若者は、歩けますか、と念を押す口調に変り、気をつけてね、と言葉を残して車に戻って行く。

なるほどね、とズボンの埃を払いながら、息子は妙に納得した気分を味った。これでいいのだな、と自分に向けて頷いた。打った膝の辺りが少しじんじんして足の感覚の変ったところがあるようだったが、歩くのに差支えはなさそうだった。

大丈夫、心配ないよ。代りに俺が転んでやったのだからさ——。

なぜか、胸の内で突然父親に呼びかけていた。この夕暮れのことは誰にも話すまい、と息子は声には出さずに呟いた。

帰った家の食卓に、小さな赤い薔薇を活けたガラスの花器が置かれているのに息子は気がついた。

――珍らしいな。薔薇かね、これは。

膝の脇をさすりながら、息子は流し台の前の妻に声をかけた。

――明日はオオジジの退院ですもの。

孫達の呼び方にならった言い方で妻は答えた。

――全快の退院ならいいが、間もなくまた戻されるのではないかな。

――それは仕方がない、とにかく明日はお祝いしなくては。

――ひとつ頼んでおきたいことがある。

――なんですか。

――オオジジには、あの分厚い報告書のことは黙っていてもらいたいんだ。

――報告書？

――お遍路さんみたい、といった、表紙が日に焼けたオオジジの厚い報告書のことだよ。

――それを、どうして？

――出て来たことも、俺が読んだことも、一切口に出さないでいて欲しいんだ。

――わかったわ。でも、何故隠さなければならないの？

——時期のことがあるからさ、タイミングというか……。

妻に答えながら彼は自分の言葉を疑った。あの報告書を読んだことを、父に伝えるに適した時期などというものがあるのだろうか。妻の立つ流し台の方から聞えて来る水音に耳を傾けながら、彼はしばらくテーブルの上の赤い小振りの花を見つめていた。

9

道はまたゆるく曲ると急に傾斜を増し、左手には崖に切り込むようにして開かれた土地に、三、四階造りの小ぢんまりしたマンション風の住居が現れた。

反対側の右手には、下りの斜面に似たような造りの集合住宅が二棟、三棟と並び、その間の所々に狭い庭を備えた個人住宅らしき家屋の挟まれている様が見て取れた。

つまり、その曲りくねった坂道は、左は急、右側は緩い斜面の中腹を下っているらしいことが、いささか覚束無い足取りで坂道を辿る歩行者にも感じられた。

と同時に、どの建物もとび抜けて古いものがないかわりに、最近建てられた風情のものも目につかない。両側に認められる小さなマンションも、また右手にちらほらと見かけられる個人住宅も、似たような歳月をまとってそこに建っている感じだった。従って、古くもなければ新しくもない住居といった印象の中を、歳を重ねた歩行者はそろそろと下り続けねばならない。

裸の土地の起伏をぼんやり思い描きながら、この辺りも空襲によって焼かれたのだろうか、と少年時代に眺めた東京の山の手の裸の姿を歩行者は想起した。敗戦を迎えて間もない頃、何かの機会に都心に近い赤坂の土地に立って焼野原となった東京を眺めた際の、一面が意外にゆったりとした起伏に富んだ土地であったことに気づかされて驚いた記憶は、まだ彼の中に残っていた。

半世紀以上も前のそこまで遡らなくとも、と彼は苦笑を嚙んで足を進めた。戦災まで戻らなくとも、街の佇いや家々の並びが変ってしまうことはいくらでもあるだろう——。たとえばこの近辺にしても、芝生のある庭を備えたような程良い大きさの個人住宅が並んでいたのに、住む人の代が替り、老朽化した家屋の建て直しが必要となった際、最早前のような独立した個人住宅ではなく、小ぢんまりしたマンションに建て替えて家主もその一部に住む、といった選択があってもおかしくはない。そんなふうにして、この界隈も次第に変っていったのではあるまいか——。

そう考えつつ周囲を眺め廻すと、小マンションへの生れ替りに伴う心残りが滲み出たかのような思い切りの悪さが、玄関の庇の形や壁面の凹凸の一部などに現れているような気もする。どちらにしても、住生活とは多少の違和感や不便さを抱えたまま続けられるものなのであり、その不便さとの付き合いが、住むという営みに輪郭を与えているのかもしれない、と坂を下る老人は考えた。

ばさり、と音がして突然一羽の黒い大きな鳥が、二、三軒先の家屋の玄関の高みから飛び立ったような気がして、老人は足を停めた。左手のとりわけ傾斜の激しい崖を一部削って建てられた住宅から下の道にかけては、段差の大きなコンクリートの階段が積まれている。黒い影がそこを弾むように降りて道に出ると、息つく間もなく坂を下って行く様が老人の目に残った。丈の長い黒いコートに身を包んだ大柄な女性が遠ざかって行く後姿から目を離し、彼女が出て行ったばかりの階段の上の高い玄関を老人はあらためて振り仰いだ。そこからの階段を女性が降りて来る様までは彼の目に捉えられていなかったものの、そのとりわけ重々しい暗褐色の玄関扉を見上げると、扉の内側の暮しの様がぼんやり浮き上って来るような気がした。目の上の家が裏に別の入口を持つ小マンションの造りを備えたものか否かまでは下の道から確かめられなかったが、しかしいずれにしても崖の途中に引掛かったように見えるあの家屋の中に、今羽音をたてて飛び去ったかに思える女性の暮しが埋められているのは確かと想像することが許されそうだった。

その推測と、彼が古い名刺の住所を頼りにここまで出かけて来たこととは全く関係がないのは、彼自身よく承知していた。第一に、今羽音とともに飛び立って大股に坂を下って行った女性は、顔は見えなかったものの、身長や歩き方、年齢などのどこから見ても、お茶の水の大学の図書館で開かれていた発禁本の展覧会場で出会った女性と別人であるのは明らかだった。従って、故意の偶然のようにして彼が坂を下って行く女性に出会ったとしても、そこには何の意味もないことは、彼自身が誰よりもよく承知している筈だった。

にもかかわらず、彼は何かを成し遂げたような満足感を味わっていた。来た甲斐があった、と頷く気分が生れていた。何よりもそれは、電車に乗って乗り換えを経てここまで出かけて来た、という行為に対する報酬の如きものかと思われた。結果を問わない無償の行為が成立したのに似た、乾いた気分が身体の底で動いている。

としたら、ここまで来た以上はもう帰るしかないのだろう。探している本があるから街の大きな書店をまわってみる、と告げる彼の言葉に、珍しいわね、と意外そうに応じた妻は、それ以上何も訊かなかった。父親が一時的にもせよ退院して家で療養していることが、息子の病院への見舞いの義務を免除している、といった事情もあったかもしれない。自分でもよくわからぬまま、息子はなにかに追い立てられる気分で家を出て来たのだった。

黒い鳥のようにコートの裾を翻えして長身の女性が先のカーブに消えるのと入れ替るようにして、グレイのブルゾンのポケットに深々と両手を突込んだ痩せた若い男の坂を登って来る姿が見えた。今下りていった女性が大股で勢いよかったのとは反対に、こちらはどことなく活力を欠いた弱々しい感じの男だった。その男の貧相な姿が、坂を下る老人からいささかの勇気を引き出した。何か考えたり、躊躇ったりする暇もなく、老人は傾斜を下りて来た勢いにのって若い男の進路に足を停めた。

——お訊ねしますが、この住所はこの近辺ではないでしょうか。

胸のポケットに入れて来た角の円い婦人用の小形名刺を取り出すと、老人はそれを若者に向けて突き出した。一瞬、身を避けるように背を反らせた相手は、何か気味の悪いものでも押しつけられたように一歩後退した。

——いや、この名刺を見て下さい。そこに住所があるでしょう?

——字が細くて、読むのがちょっと……。

男はこわごわ手を伸ばして受け取った名刺を奇妙な角度で眼の前に立てたり、光の中に斜めに浮かすような動作を見せたりする。

——あ、これは住所でしょう?

初めて気がついたかのように、若い男は訊ねた。

——だから、それがこの辺りではないか、と訊ねているのです。

——違う。これは反対側ですよ、おそらく。

——反対?

——随分古い住所みたいだから、町名が変ったり丁目が移ったりして確かではないけれど、おそらくこの坂の上の広い通りの向う側、北側というか。

——そちらに行けば、まだこの住所が生きている？

——わかりません。町名は聞いたことはあるような気がするけれど……。

——失礼だが、あなたはこの辺りにお住いですか。

相手の態度に前より少し柔らか味が現れるのに気づいて老人は訊ねた。

——もうちょっと坂を登った先ですが……。

——学生さん？

——一応は——。

——良い所にお住いだ。

——生れた時からずっとですから。

——二代にわたる住人か。

——三代かもしれない。

——おじいちゃんの代から？

——おばあちゃんの方です。

——なるほど……。

事情はわからぬながら、老人は若者の言葉に頷いた。

——あの……この人を探しているのですか。

ブルゾンのポケットに片手を入れたままの痩せた若者は訊ねた。

——そう、探している。なんとかして会いたい。

——古いお友達？

——もしかして、その名前に心当りでもある？

いきなり大きな期待にぶつかった気がして老人は思わず問いかけた。その勢いに驚いたように相手はポケットから出した手で相手を遮る動作を見せた。

——ありませんよ、全然。ただ、とても一所懸命みたいだから。その女の人を探すのに。

——そう、大事な用がある。その女の人、というか、おばあさんに——。

——ああ、おばあさんか。

若者は初めて気がついたように小さく足踏みして相手を見た。

——おばあさんでなければ果せないことがある。

——住所はあるのだから、そこへ手紙を出してみたらどうですか？

——何十年も昔の住所へ？

——ただ当てもなく歩いてみるよりその方が……もしかしたら、もしかしたらですが。

念を押すようにして若者が何か言いかけた時、彼の身体のどこかで肉でも震わすような鈍い振動音が起った。あ、と小さく反応した若者は、ブルゾンのポケットから灰色の携帯電話を取り出すと、それを耳に当てたまま丸めた背を老人に向けた。そのまま一、二歩坂の下の方へと退いた彼は、何かせわしく答えつつそこで再び向きを変え、老人の顔に目を注いでひとつ頭を下げ、相手を残したまま一気に坂の上へと駆け登って行く。それが別れの挨拶らしいと悟ると、老人は走り去る後姿に向けて一度手を挙げて振ってから、また坂の下へと足を進めた。

老人は自分が何をしているのか、はっきりわからなかった。もしあの若者の告げたことが本当なら、名刺に記された古い住所に当るらしい土地に向けて若者の後から坂を登って行かねばならぬのにと考えつつ、坂を下り始めた彼の足はもう停ろうとはしなかった。

そのおかしな外出の話を、老いたる息子は誰にも洩らさなかった。というより、それが話の形をとるほどの中味を持つものとは彼には思えなかった。実際に大きな書店を二、三軒覗いてから帰ったのだが、店内で感じたのは、文庫本の活字が前より大きくなっていると聞いていたのに、手に取った本の字は一段と小さく詰ったように目に映ったことくらいだった。

——それで、探していたものは、あったのですか？

居間のソファーに腰を落して熱いお茶が飲みたいと告げる夫に、妻は訊ねた。

――いや、用は足りなかった。

――法律関係かなにかの、難しい本とか、少し前のことを扱った資料みたいなものとか？

――どうしてそう思った？

見当違いとも、図星ともいえそうな妻の質問に夫は思わず問い返した。

――一所懸命読んでいた、あのお遍路さんみたいな感じのするオオジジの厚い報告書と関係があるのでしょう？

――なぜそう思う？

――だって、報告書が出て来たことも、あなたがそれを読んだことも、オオジジには言うな、と言ったじゃないの。

――ああ、言った。

――だから、何かそれと関係あるものを――。

――探していると考えた？

――そう……。

――正解だよ。いや、半分は正解だ。もし少し昔の資料みたいなものを探すのなら、本屋ではなく普通は図書館にでも行くのではないか？　資料館とかさ……。

——そうでなかったのは？

答えようとして夫は口ごもった。探す相手が書籍でも資料でもなく、生きて動くものであったからだ。しかしそこまでの説明を妻に今したくはなかった。

——わからない。

——私も読んでみようかしら。

——何を？

——あのお遍路さんみたいな——。

——止せよ、やめておけよ。

——どうして？

——君には面白くない。

——それは私が決めることよ。

——そうではあるけれど、あれは犯罪そのものを扱っているのではなくて、犯罪者と看做された者の転向後の保護について書かれているのだから。

思ってもいなかったことを老妻が言い出したのに周章てながら、老夫は辛うじて答えた。どこか学生時代に交した古いやり取りでも蘇らせているような、落着きの悪い気分が彼の腹の底で揺れていた。

——お茶が出てしまうわ。

話を断ち切るように、ダイニングのテーブルを振り向いた妻がソファーを離れながら呟いた。

——その方が急ぐよ。

息苦しい気分から解き放たれた声で応じたまま、夫は妻の反応を窺った。

——このお茶は、色は出ても、あまり味はないのね。

厚手の湯呑みを運んで来た妻は、少し前とは違う低い声で言いながらテーブルセンターの端にそれを置いた。

——ありがと。それで、今日も病人は変りがなかった？

——お隣から、別に電話もないので顔を見てはいないけど、静かだから、きっと変りはないのでしょう。

——まずは平穏というところか。このままの様子見がしばらく続くのかな。

——さあ、わからないけどね。

——わからないね。

父親を病気の塀の内側に追い込むことによって戻って来たらしい妻との日頃の空気を、

夫はそれと気づかれぬようにそっと吸い込んだ。突然、そのすぐ脇を、羽音をたてて飛び去って行くものがあるような気がして彼は首を立てた。隣家は静まり返って物音一つ聞えない。あのまま、老いたる両親の暮す家は黙って少しずつ少しずつ土の中に沈んで行くのだろうか、見えなくなっていくのだろうか、と老いたる息子は考える。それは好ましいと同時に、どこかひどく寂しい光景であるように思われた。ふと浮かんで来る眺めがあった。家屋はもとより、大小様々な庭木を失った小池家の黒い土が剝き出しになった庭の姿だった。

その奥の隅に幾本かの低木が残され、中に一基の細長い墓石の立つ様が目に飛び込んで来たのだった。墓石というより、道標か里程標の柱に近いような気もしたが、二階のベランダから眺める目には、そのほっそりとしながら重そうな石の柱はやはり墓石に違いなかった。道からは白いシートで隠されて見えない更地の奥の夕景だった。

子供がまだ小学生であった頃、家の前の道で友達と遊ぶうちに小池家の庭に飛び込んだままにしたビニールのカラーボールをポリバケツにまとめて入れて届けてくれたあの小柄な老人が、その細長い墓石の下に眠っている、と考えたわけではなかった。

何故かはわからないのだが、その夕暮の更地の眺めを思い出す度に目の裏に浮かんで来るのは、小型クレーンのアームの先に吊り下げられ不安定に揺れている細長い石の姿だった。そんな作業がシートの内側で実際に行なわれたかどうかは知らない。しかし今は一面が全く平坦な黒い土の拡がりでしかない以上、墓石はどこかに運び去られたに違いなかった。あのままそっとしておくことは出来なかったのだろうか、と彼は幾度も考えた。出来なかったのだろう、とその都度自答せざるを得なかった。

冷めかけたお茶を飲みながら、老いたる息子は配達の早い夕刊に目を通し、死亡記事を確かめてそこに知った人の名前が無いのを確かめてから、クッションを枕にしてソファーに横になった。

——そのまま寝たら風邪を引きますよ。

苛立たしげな声とともに、毛布かガウンか、ウールの厚い生地のものが身体にかけられるのを彼はぼんやり意識した。

——すぐ起きるよ。

それでも口先では辛うじて反応を示してから、ソファーに横たわる人は掛けられた物を襟元まで引き上げた。

——久し振りに出かけたから、疲れたのでしょう。

妻の声が先刻とは違いいつもの午後の響きを帯びているのを確かめてから、彼は言い訳でもするかのように呟いた。

――特に何かをしたというわけでもないのに……。

徒労という言葉が薄い膜となって頭の奥に拡がるようだった。いや、あれは無駄ではなかった、と反論する言葉が、声にはならずに咽喉のどこかに引掛っている。一枚の小さな古い名刺の他には何の手掛りもないまま家を出る、という振舞いに、どのような成算があるとも思えなかった。そして事実、手にしたのは崖の中腹に刻まれたようにして建つ家から飛び出した黒いコートの長身の女性の後姿と、坂を登って来るブルゾン姿の学生風の痩せた男の青白い顔でしかない。女はただ行きずりの人の影に過ぎず、男は名刺の古い表記の住所について漠たる見当は与えてくれたものの、それ以上は何も示してはくれなかった。

出かけたことの意味は、出かけた結果何かが手にはいるという形で示されるのではなく、出かけることそれ自体の内に隠れていたのではないか、と言いたかった。それをしかし妻に説明するのは難しかった。もし説明したとしても、理解してもらえるとは到底思えない。だからこの外出は、謎のままであるしかない。かつてのある時期に時折発生したように、それがおかしな疑惑を妻の中に生んだりしてくれないことを願うだけだ。

疲れや眠気より、自問自答の渦に半ば巻き込まれるようにして彼は目を閉じた。

――ひと眠りしたら、頼みたいことがあるの。

どこかで妻の声が呼びかけているらしかった。

——何だい？　眠りはしないから、いつでもいい。

——あまり辛くない麻婆豆腐が多目に出来るから、お隣に届けて欲しいのよ。

——わかった。ついでに、病人の様子も見てくる。

お願い、と応える妻の声がキッチンの天井に当ってから居間のソファーに落ちて来た。

10

婦人用の角の円い一枚の古い名刺だけを頼りに出かけた息子の探索は、徒労であったと同時に、一方でその行為の孕む意味を、あらためて彼自身に伝えたかのようだった。

坂を下る途中で横合いの高みから飛び立つように現れた黒いコートの長身の女性にしても、彼女と入れ替るように坂の下に出現し傾斜を登って来た貧相な体軀の若者にしても、探している人物について何か手掛りになりそうな確かなことを息子に伝えてはくれなかった。

名刺の住所を求めてこの坂の近辺を調べるのは見当違いであり、その町名は古いものだがおそらく坂を登りきってぶつかる広いバス通りを越えた反対側のあたりではないか、との漠然とした推測を若者から与えられはしたが、それだけで次の探索に踏み出すのは難しかった。もう少し訊ねてみたかったのに、途中でかかって来た電話に出た相手は、ひとつ頭を下げた後一気に坂を駆け上って姿を消してしまった。

日が経つにつれ、しかしその日の出来事が自分の内に何やら厚みのある影の如きものを生み落したらしいことに息子は気がついた。形ははっきりしないのに重みがあり、それが次第に鈍く揺れ始めようとする気配を覚えた。退院後の父親がそれなりに安定した状態を保っているゆとりのためもあったかもしれない。

庭に面する広い廊下に据えた安楽椅子に父が姿を見せる時間は以前に比して明らかに減っていたが、とりあえずは小康状態と呼べそうな日々が続いていることは認められた。そのためか、息子は自分の内にある影の如きものについてあらためて考えてみずにいられなかった。

分厚い報告書のことは、顔を合わせる機会があっても、親子のどちらからも口に出されなかった。入院中のベッドの上でまで行方を気にかけていたらしい父親が、いざ退院して自分の家に戻るやそのことを口に出さなくなったのは不思議だった。息子はしかしそれをいいことに、既に読み終っている報告書については、自分からは言い出さぬことにして様子を窺う姿勢を保った。

それと入れ替るようにして、検事の娘だと告げた女性の姿が次第に重く胸のあたりで揺れ動いていることに息子は気がついた。形は定かではないのに、妙に重さだけが感じられる見えない何かが、奇妙な宿題として手渡されたかのようだった。それを受け止めるためには、彼女を追って再会し、彼女が抱えているものの一端でも摑むことが必要と思われた。

二度目であるためか、山手線を降りてこの前辿ったバス通りに足を運ぶまでは一息だった。ただ、この前は遅くない午後であったのに、今度は日暮れにかかった頃合いであり、車の数も通行人の姿も前より多く、町の表情に動きの増しているのが感じられた。

バス通りをしばらく歩いてから、前回坂へと下る信号のある角が先の方に見えた時、息子は坂とは反対側の右へはいる道へ折れた。曲りの多かった坂道とは異り、右折した道はバス通りに並ぶ商店の余韻のように小さなコーヒー店や衣料店などが住宅にまじる落着きの悪い家並みが続いている。

坂の道では、マンションにしても芝生のある個人の住宅にしても、どこか住いに表情があったのに、こちらの平坦な道は、ただ小振りな住宅の間を走っているに過ぎない。これでは自分の求めるものにぶつかる気配もない、と苛立ちながら、息子はその平坦な道を右へ折れたり、左に曲ったりしつつしばらくはただ歩き続けるしかない。

この先どうすればいいか、と不安の中に諦めの混り始めた頃、曲った道の前方を唐突に横切る電車の黄色い車体が目に飛びこんで来た。離れた地点から眺めたためか、電車は人家の軒すれすれを掠めて走っているかに見えた。

住宅地の中に突然出現した電車の姿に驚くと同時に、これ以上は線路に近づいてはならぬ、という声が聞えた。東京の西郊へと走る私鉄電車の鉄路が道の先を横断しているらしかった。何かを拒まれた感じで息子は足をとめた。

車がやっと擦れ違うことの叶いそうな道との角へ出るとそこを左へ折れ、自分が先刻下車した環状線の駅から次第に遠ざかりつつあるのを彼は意識した。

夕景の中から突然女性の乗った一台の自転車が飛び出し、道を斜めに渡って反対側へと進むのが見えた。すぐ続いて何か大声で叫びながら前を追う小型の自転車に乗った小学生らしい女の子の姿が続いた。車も通る道にいきなり横合いから飛び出すのは危いではないか、と声をかけたい衝動に息子はかられたが、足をとめた角からの視界に既に母子らしい二台の自転車の影は見えなかった。そして今迄気がつかなかったのだが、自転車の飛び出した側の土地がやや高く、夕暮れに吸い込まれるように走り去った側がやや低いらしかった。そうだとしたら、バス通りのこちら側にもやはり多少の土地の起伏はあるようだった。

そんな発見に頷きながら、そろそろ自分の降りた電車の駅の方へ引き返そうかと歩みを緩めた時、あたりの景色が前とは変ってしまったことに驚いた。

ここまで見かけたこともなかったような長い塀が出現し、それが家の建つ土地と道路とをはっきり分けている。塀だ、塀だ、と叫びたい気分だった。ここまでも道に面してブロックを二、三段積んだような家は見かけたけれど、その多くは家の外壁にほとんど接する体の、家屋の付属物のような仕切りに過ぎなかった。

しかし今目の前に在るのは、宅地と道路とを峻別する独立した構築物としての壁であり、それが道に沿って両側に延びる塀であった。しかもその塀が少し続くと、道に独特の表情を生み出すことも彼はあらためて教えられた。屋敷町という言葉が頭に浮かんだ。道の先はゆるくカーヴして視界が遮られ、この先塀がどれほど続くのか定かではなかったが、生垣でも、木の塀でもなく、土の壁に見えるように築かれ、頭に瓦をのせたものまで認められた。

一瞬息子は、異次元の空間にでも踏み込んでしまったような印象に襲われた。芝居の書割の中に登場したかの気分だった。仄暗く暮れ始めている道の奥から、白いものを纏った人影が現れ、それが次第に近づいて来るのを息子は認めた。目で確かめるのではなく、自分の身体全体がその影の出現を受け入れようとしているかのようだった。相手が現れたというより、そこに居たのを見出した感じが強かった。

少しずつ遅くなる彼の足が遂にとまり、後は相手の接近を待つだけとなった。

すべては前から決っていたかのように進行し、薄手の白いコートを纏った、歳を重ねた女性が息子の前に立っていた。

――やはり、みえたわね。

やや掠れてはいても芯の強そうな低い声で女の方が先に口を開いた。

――先日は、失礼しました。来るつもりはなかったのですが、いただいた名刺があったもので……。

――お役にたたなかったでしょう？

髪に強く巻いた白いスカーフを上から押えながら相手は断定する口調で言った。

――役に立ったとも、立たなかったとも……。

――でも、よくみえたわ。

――実を言うと、二度目です、今日は。しかし、偶然みたいにこうしてお目にかかれるとは……。

――偶然ではないかもしれない。

――どうしてです？

――名刺の住所はあまりに古いから手がかりにはならないとしても……。

――だから、見当つけて闇雲に歩き廻っていただけです。

――でも、ここまで来られた。

――結果としては。

――こうなったら、もう偶然と必然はあまり違わないのではありません?

――お会い出来たから?

――なにか、もう少し広い場所で、私達生きているような気もするわ。

――よくわからないな……。

――私も……。

珍しく気弱な笑みを帯びた彼女の対応に彼は一瞬戸惑った。

――お出かけのところではなかったのですか。邪魔したのだったら申しわけない。

――いいえ、この時間に歩くのが好きだから。

頭に巻いた白いスカーフを両手で上から叩きながら相手は穏やかな声を返した。

――それなら、歩きながらでも少しお話出来れば、幸せです。

――よろしいですよ。でも、そんなにお話すること、あるかしら。

――お父上のことやかぐや姫の行方とか。

――あの姫はもう、行方不明ですよ。父は疾うに亡くなりましたしね。

――でも貴女は、こうしてここに元気に生きていらっしゃる。

――元気にね。

夕暮れの空気の中に両手を突き上げて笑うと、彼女は息子が歩いて来た方角へ二、三歩踏み出した。それが、歩きながらでも話したい、と告げた自分の言葉を受け入れてくれたためらしいと判断した彼は相手に歩幅を合わせようとした。数歩も進まぬうちに、唐突に彼女の足がとまった。

——うちへいらっしゃらない？　これから。

突然の言葉をどう受け止めればよいかがわからずに彼も思わず立ち止った。

——近くだし、他に誰か居るわけでもないし、お茶を一杯飲んでいらっしゃい。この前、お茶の水でコーヒーを御馳走になったから。

塀の続く道の端に立ち止った二人は、歩いて来た間隔を保ったまま向き合った。

——こんな時間に、しかも突然に——。

自分の中に起った動揺を悟られぬように用心しつつ、息子は足を踏みかえた。彼女が独り暮しであるらしいことにふと伸びやかな気分を味わうと同時に、一方ではそれ故に気を遣う必要がありそうなことも意識した。

——突然でなかったら、来ることもなかった人なのだし。

——そう、招かれざる客だから。

——私がいらっしゃいといったら、もうそんな気取った資格などないのよ。

――そうかもしれない。御迷惑でなかったら、短い時間でもお話を伺うために寄せていただくことにします。

――独り暮しの女性の住いを訪れるのは、気が重い？

――そんなことはない。でもこういうケースには、ほとんどぶつかりませんから。

――私もそうだわ。

――では、お互い例外のケースということで。

――父達が笑っていますよ、子供等のこんな触れ方を。

――そうかな。笑っているか、困っているか、それはしかしあちらの問題でしょう。

――言い切れるのかしらね。そんなふうに。

――だから、その辺りの御自身のお考えを聞かせて下さい。

――お考えなんかありませんわ。ただ、ふと何か感じることがあるだけ。

――それで充分。考えなどより、感じの方が遥かに貴重です。

いつか二人は向きを変え、彼女の歩いて来た方角へと足を揃えて歩き始めていた。お茶の水の大学の図書館展示会場で初めて会って言葉を交した帰り、道を歩き出しながら相手との間にどれほどの間隔を保てばよいかがわからずに戸惑ったことを息子は思い出した。二度目であるためか、今度の足取りは自然であり、それが付かず離れずの穏やかな距離を二人の間に生み出したかのようだった。

——この辺りに長くお住いですか？

——独りになってからは。お渡しした名刺の住所とは違いますけどね。

悪戯っぽい笑みが夕色の中で相手の横顔にちらと浮かぶのが見えた。自分自身を覗き込んでいるような澄んだ笑いが窺われた。

——遊びだったのですか、あの名刺は。

——遊びではありません。私が昔使っていた本物です。残りが二枚になりました。

——いや、贋物という意味ではなくて……。

——いろんなことが、層みたいになって、重なっていくのですわ。

——その中に、偽りの層もある？

——違う。層自身はまともなのに、その重なりの間から滲み出て来るものに嘘や贋物がある。

——そして、類は友を呼ぶ？

——本当に、お茶だけだけど……。

声の調子を急に変えて相手はやや足速になった。長い土の塀が突然跡切れ、黄色い小さな花をつけた蔓草の絡む低目のフェンスに変った。そこにだけ幾軒か小ぢんまりした家屋が並んでいたが、互いに重なり合う影をもつ建売住宅のような佇まいではなく、夫々が勝手な時に気ままに建てられたとでもいったまちまちの表情を漂わす家々だった。

——ここは、どういうお宅が集っている土地なのですか。

そのうちの一軒に歩み寄り、小さな黄色の花の咲くフェンスに挟まれた低い門扉を鍵を使って開けようとする白いコートの女性に、彼は声をかけずにいられなかった。

——集っているのではなくて、自然にこうなったようですよ。

——いつからお住いで？

問いかけには答えのないまま彼女の開けたドアから玄関に踏み込むと、外より早く暗くなりかけている家の中の温もりに香らしい薫りがうっすらと漂っているのが感じられた。

——どこか、適当にお坐りになって。

フローリングの床が彼女の点けた明りに照らし出され、柱のないリビングルームらしい広がりが目の前に浮かび上った。白いコートを脱いで品の良い猫足の椅子の背に投げ、枯葉色の丈の長いカーディガンを羽織ったこの家の女主人が、お盆にのせた日本茶の白い湯呑みを運んで来るのに時間はかからなかった。

——どうぞ。

赤い塗りの茶托にのせた茶碗を二つ低いテーブルに置くと、彼女はやや色の薄い日本茶をすすめた。一口それを啜って、息子は自分がひどく喉が渇いているのに気がついた。家を出てから幾時間か、何も飲んでいなかったことに驚いた。

――ああ美味い。

思わず洩れた彼の呟きに、枯葉色の丈の長いカーディガン姿に変っていた女主人は、盆の上の急須を取り上げると残っていた茶を絞るように無造作に彼の湯呑みに注ぎ込んだ。

――御馳走様でした。久し振りに美味しいお茶をいただいた。

――年寄りはね、あまり間を置かずに、少しずつでも水分を取らないといけないそうよ。

――熱中症ですか。

――私は、水道の水ばかり飲んでますけどね……。

低い笑いが洩れて言葉が跡切れた。

――こちらに、ずっとお独りで？

――母が老人ホームにはいってからは。

――父上はここにはお住みにならなかった？

男の気配のどこにも感じられないフローリングの室内を見廻しながら息子は訊ねた。

――ずっと前に亡くなりました。

――だから、こちらはかぐや姫のお住いではない？

え、と聞き返した彼女はすぐ小刻みに頷き、左手の小指の先で唇の端を擦った。

――とっくに月に帰っていたでしょう、あの人は。まだ私が中学生の頃に。

――会えずじまいでしたか。

――焼夷弾がお迎えに来たのかもしれない。

――五、六十年も前のこと？

――時折、ふっと思い出す折はある。特に歳をとってからね。そういうこと、ありません？

――むしろ、その方が多いですよ。ただ、当方の場合は美しいお姫様などではないけれど……。

――では、王子様？

まだ小指の先を唇の端に当てたままの彼女が訊ねた。そうではなく、お遍路さんだったかもしれない――父の分厚い報告書に出会った折の妻の言葉が甦ったが、話の流れにのってそれを今口に出すのは躊躇われた。ゆったりした居間のどこかで電話の呼出し音が鳴った。静かに立ち上った彼女が歩み寄る先の壁際に小さなテーブルがあり、その上に直立した電話の白い子機が着信ランプを点滅させている。それを取り上げて耳に当てた彼女は、あら、ごめんなさい、と高い声を放った。そのままテーブルの横にある布をかけた台に腰を下した。それは壁に押し付けて置かれたカバーをかけたベッドであるらしかった。

ごめんなさい、遅くなって。そういうわけではないけれど、ちょっと急にね。はい、伺います、いいえ、大丈夫。

——御用でしょう？　お邪魔して申しわけありませんでした。

——忘れていたの、うっかりね。

——お宅にまで図々しく押しかけてしまって。

——週一回のマッサージ。相手も元気なおじいさんだから。

——お茶を御馳走になりました。

礼を言いながら、息子はこの枯葉色の長いカーディガンを羽織った、充分に歳を重ねた女性の身体を自分も揉んでみたい気分にふと誘われた。今にも折れたりこぼれたりしそうな、それでいて芯だけはしっかりした身体に、そっとカーディガンの上から触れてみたかった。

——突然押しかけて、お世話をかけたついでに、もう一つお願いがあるのですが……。

部屋のあちこちを見廻して、何か目で探している様子だった相手が、ふと動きをとめて客を振り返った。

——もしよろしければ、私にも、そちらの電話の番号を教えていただけないでしょうか。

彼が指さす電話機の方を振り返った相手は、笑いを浮かべて、いいですよ、と答えた。

――古い名刺のかわりに、活きている電話番号?

――活きている番号です。こちらの番号も何かに……。

――要りません。

――ですけれど、そちらだけ伺っておきながら……。

――電話を下さるのなら、必要であればその時に伺います。

同じやり取りは、お茶の水の図書館からの帰りにも交した記憶があった。あの繰り返しだ、と息子は振り返った。もしそうなら、自分は必ずこの人に電話するだろう、と納得した。

――来ていただいたのに、悪いけど……。

――悪いのはこちらです。突然、一方的に……。

検事の息子は深々と頭を下げた。いいえ、そんな、と言いながら相手は掌を立てて客の言葉を軽く押し返した。

――でも、お目にかかれて、よかった。

客の言葉に無言で頷きながら、女主人は少し前に鍵を開けてはいったばかりの玄関扉に再び鍵を入れて廻し道に出た。

——駅はおわかりになる？　私はこちらなのですけど。

どこか遠い空でも指すようにして手を挙げる相手に、もちろんと答えた息子は一礼して彼女とは反対の方角に歩き出した。長い塀のある道に出るのに歩数は要しなかった。青白く並ぶ街灯の光が先刻より力を増し、前とは違う道のように目に映った。

11

一枚の古い名刺の他にこれといった手掛りのない、自分でも何を求めているのかが定かならぬ探索であったにもかかわらず、動き出してみると、少しずつ見えて来るものがあるような気分が生れていることに、老いたる息子は気がついた。

探していた人に偶然出会えたのはもちろん、その人が独りで暮す小さな家にまで招き入れられたのは予想外の展開だった。

しかし実際にそれが起ってしまうと、自然の成り行きであったようにも感じられた。その先に何があるかまではわからなかったが、自分が少しずつどこかに向けて動き出したかの気分が彼の内に生れていた。

そしてもう一つの出来事は、寒気がようやく緩み冬の気配の弱まったある夕刻、妻が買物に出て彼がひとりで家に居る時にかかって来た電話が始まりだった。摑んだ受話器を耳に当てるか当てぬかのうちに、先方が何を言っているのかはわからぬまま、それが誰であるかはすぐ察しがついた。

——どうだ、その後？

父親が入院している病院の受付の前でばったり顔を合わせた園部の姿が蘇った。高校の級友で同人誌の仲間であった手島の追悼文集をまとめ、本人の遺稿も加えて一冊の冊子を作る計画の世話人を引き受けている園部が、前に一度倒れてから言葉がうまく口に出ぬことがあるのを知っている旧友として、まず彼の身体の心配をしたつもりだった。検査票のはいったらしい黄色のホルダーを持たされて次の検査室に向うらしい園部とは、例の聞き取りにくい語調を耳にしながら短い会話を交したのだが、その時は、君も気をつけろよ、と声をかけただけだった。口には出さなかったが、彼の言葉の輪郭が更に崩れて前より一層聞き取り難くなっていることに息子は気づいていた。

——どうやらこうやら、古い機械は動いているがな。

——動いていれば結構。でも無理はいかんよ。

——無理のしようも、ねえんだよ。半分寝そべっているみたいな毎日で。それより手島の文集の件な、あれ、ようやく動き出しそう。

——それはよかったが、君ひとりに——。

——いや、ようやく話が動き出しそうな運びがね。

聞きとりにくい口調で彼は繰り返した。

——話が進むのはいいけれど、君の負担が重くなるのはどうかと思う。出来ることがあれば、俺も手伝うから。

——あの奥さん、つまり未亡人から、昨日連絡があって。やっと整理が終って、幾つかの手書きの原稿みたいなものも出て来たらしいんだ。それがどんなもので、どうするのがいいか、一度見てもらえないか、と言って……。奥さんから電話でな。

——本当にそういうものがあれば、追悼文集というより、むしろ遺稿集としてまとめられるのではないか。

——それでな、お宅に行こうかと言ったら、段ボールの小さな箱にでも入れて、宅配便で送るから、そっちで読んでみてくれ、と言われた。

——段ボールの箱で？

手島自身が段ボールの箱に入れられて園部の家に送りつけられるような違和感が一瞬息子の頭を掠めた。何かの折に一、二度しか会ったことのない未亡人がどのような女性であったかの定かな記憶はなかったが、彼女が送るというなら、今はそれを受け取って自分達で読んでみるのが最適であろう、と思われた。

——それで、届いたのか？

――いや、まだ。俺の返事を聞いてから送るつもりでいるらしい。送れと答えたら、すぐにも発送したい様子だった。

――なんだか、手島が箱に入れられて送られて来る気分だな。

――やはり思う？　そう思う？　だから、扱いについての、感想を聞きたくてな。そうだよな。やはりな。そんなにおかしな奥さんではない、と思ったが……。

息が洩れてしまうような園部の聞き取りにくい言葉が、語られている内容の微妙な感触を伝えて来るかのようだった。

――わかった。とにかく、箱の届くのを待とうよ。それが来て一応君が目をとおしたら、もう一度連絡をくれないか。

そうする、といったらしい返事と同時に園部の電話は切れた。手島が、サイクリング用の自転車にでも乗ってすぐやって来そうな光景が一瞬頭に浮かんだ。そうではない、段ボールの箱に入れられて彼は園部の家に送り届けられるのだ、と息子はもう一度自分に言いきかせた。

生前の手島と交した会話によって、父の残した厚い報告書が、幼年時代以降の息子の漢たる記憶の対象から、正式の役所の文書へと変ったことが思い出された。大学は文学部の歴史専攻で現代史を学んでいた手島が、ゼミの中で当の報告書に出会い、「転向」の問題としてそれを扱った教授の感想まで伝えてくれたことが頭に残っていた。

その手島が軽快なサイクリング用の自転車などに乗って現れるのではなく、段ボール箱に入れられて園部の家へやって来るのだぞ、と重ねて考えて息子は太い息をついた。ことの運びによっては、かつての同人誌の仲間にも手伝わせる必要が生ずるかもしれぬ、と彼は作業の先行きについても考えた。今はまだ体力を残しているかに見える園部の健康状態が本当に大丈夫なのかが心配だった。

しかし、すぐにも何かを伝えて来るだろうと予想していた園部からの連絡はなく、季節は動いて次第に春の気配を濃くしていくようだった。それとともに父の身体の調子も持ち直す気配を示し始めるのが感じられた。日差しのある日にはサンダルを突っ掛けて庭に出ることもあり、一時は遠ざかっていた廊下の安楽椅子に坐って外を眺める時間も前より長くなっているように見受けられた。

ステッキを突いて庭を歩く父親を窓から見かけた午後、息子は自分もサンダルに足を入れて庭へ出た。入院中と違って父が家へ戻って来てからは、病室に出かけて様子をみる必要がなくなった分だけ、息子はかえって父と顔を合わせる機会が減ったように感じていた。

――大分温くなったね。今日あたりは随分楽だよ。

庭の隅に一本ある沈丁花の白い蕾が尖ったまま膨らみ始めているのに目をとめて息子は父に呼びかけた。

——まだ寒さは戻って来るだろうがね。

息子が近くに立っているのに気づいたらしい父親が用心深い口調で答えた。

——油断はいけないよ。特に退院の後は気をつけないと。

——用心しているよ。

父親が一つ深い息を吸うのが息子には感じられた。庭の柔らかな土に突いたステッキの握りを両手で上から押えながら、父はほんの少し芝居がかった声で呟くように答えた。

——しばらく前には、ここまで生きてくれば、もういつ死んでもいい、と考えていたのだが……。

——それで？　今は？

つとめてさりげない口調で息子は先を促した。

——いや、そうではない、と思うようになった。

意外に乾いた声で父親が答えるのを息子は聞いた。そうではない、という言葉は、まだ生きる努力を続けるべきだ、との意志を示すものと思われたが、そしてその考えに異論はなかったが、どのような経路を辿ってそこに行き着いたかの過程は、是非父親自身の口から聞きたかった。分厚い報告書の結語にあった、この文書は自分の「懺悔録」であり、人生に於ける第二の「一里塚」である、との言葉と、いつ死んでもいい、とのしばらく前までの考えとがどこかで結びつくのか、あるいは全く次元を異にする問題であるのかも、父の言葉で聞いて確かめておきたい、との思いは強かった。

困ったことに、あの分厚い報告書を読んだことを、それを書いた本人にまだ伝えてはいないので、「懺悔録」とか「一里塚」などといった言葉を引合いに出して何かを確かめるわけにはいかない。

むしろ、いつ死んでもいい、との考えは、おそらくまだ三十代の頃に書かれた報告書から出て来たものではなく、現在の闘病生活の中から風のように吹いて来たものであり、それは遠い過去の思考や体験とは関りのない出来事であったのだ、と考えるのが自然なのかもしれなかった。もしそうなら、では死を否定して更に生きようとする意志は、どこから、どのようにして生れて来たのかをじかに父親の言葉で聞いてみたかった。

足許の柔らかな土をステッキの先で確かめるように突いた父が、ふと顔を上げて門扉の方を振り向いた。そこに大小二人の影があり、低い柵状の門扉の上に身を乗り出した黒い作業衣めいたものを着た大きな影が、自分達は下水の清掃業者で今この近くを廻っているのだが、何軒かまとめて作業すると格段に割安で清掃が出来る、お宅もこの際それに加わりませんか、との勧誘の言葉を妙にたどたどしい口調で呼びかけて来る。娘かと思われる小さな影の女性が、本当にお得なのですが、いかがですか、とこちらもあまり慣れてはいない口振りの低い声で男のすすめを補おうとする。父親と娘ではないか、と思われる二人組は道具らしきものを持っているわけでもなく、近くに作業用の軽四輪車等を停めている気配もないので、なにやら奇妙な屋内作業にでもつきあわされそうなおかしな気分に誘われた。

いや、うちは必要がない、下水も詰ったり、汚れたりはしていないから、と答えると、歳の離れた二人連れは意外にあっさり門を離れて遠ざかっていく。その後姿のどこにも、これから清掃作業を始める、といった空気など感じられないのが不思議だった。本当に下水掃除の勧めであるのか、他に目的のある訪問であったかは確かめようもなかったが、近くの家などに寄る様子も見せず、ただ遠ざかっていく二人の後姿を少し見送ってから、息子は門を離れて庭に引き返した。その間に家へ上ったらしく、もう庭のどこにも父親の影は残っていなかった。

それから数日の間、おそらくはまた寒気が戻って来たために、父親の姿を庭で見かけることはなかった。とりわけ深刻に語り合っていたというわけではないのに、いや、深刻であるのかもしれぬことを穏やかな空気の中で自然に話そうという気分が生れようとしていただけに、下水掃除を勧める父娘の出現によってその機会を奪われたのがなんとも残念だった。あの二人はどこかで本当に清掃の仕事を実行しているのか、それともあたりの家の目についた人に言葉をかけてみるだけなのか、もしかしたらそれを口実にしたなにか別の狙いでもあるのか——。

台所に関ることなので妻に訊ねてみれば何かわかるかもしれなかったが、それは気がすすまなかった。二人連れの正体が気にかかっているのではなく、その出現によって陽の当るあの時の庭から消えてしまったものこそを取り返したかったからだろう。たとえ妻によってなにか正確な情報がもたらされたとしても、自分の手から零れ落ちたものは容易には返って来ないことを息子は充分に知っていた。だから、その腹癒せのようにして二人のことを知りたいだけであったに違いない。

散歩に出る折などに覗いても、隣家の廊下にある安楽椅子に父の影は見えない。どこか具合でも悪いか、と妻に確かめても、昨日の昼間に電話がかかって来た時、お母さんは別に何も言っていなかったから、変ったことはないんじゃないの、と妻は乾いた声で答えるだけだった。

数日後、チャイムの音に玄関に出た息子は、宅配便の制服を着た若い男から、みかんでも送るのに適したような小振りな平たい段ボール箱を受け取った。その後どうなったか、こちらからそろそろ訊ねてみるべきかと考え始めたところだった。箱に貼りつけられた伝票には、宛名の他に発送人である園部の名前と、「書類」という内容表示の記されているのが認められた。思ったほど大きくも重くもない段ボールの箱を抱えたまま、彼は制服姿の男の差し出す伝票に、同じく彼の差し出したボールペンで乱暴にサインした。中に隙間のあるらしい箱は、横に振ると鈍い音がする。

――何ですか、お薬かなにか？

居間のテーブルに新聞の折り込み広告を拡げて丹念に眺めていた妻が顔を上げて訊ねた。

――こんなに薬が沢山届いたら呑むのに大変だよ。

彼は再び箱を横に振ってみせた。手島だよ。手島が宅配便でやって来たんだ。

――手島さん？

夫の学生時代の同人誌の仲間として知っていた手島の名前を、妻は記憶の中から掘り起すようにして口にした。

園部が追悼文集を出すといって、張り切っていただろう、電話をかけて来てさ、と夫が念でも押す口調で答えた。

――電話は憶えているけど、それがこれなの？

――いや、本人の書いたものが出て来たので、その遺稿を文集にどうまとめるか、これから園部と相談しなければ……。

――沢山あるの？

――これで全部らしいから、そんなに多くはない。

――読むのが大変？

――手書きのものらしいので読みにくいかもしれないな……。

そう、と頷いてまた折り込み広告に目を戻す妻に、上の部屋で読むよ、と告げて彼は段ボールの箱とともに二階への階段に足をかけた。ストーブをつけないと寒いですよ、という声が下から追いかけて来た。

階段を半分ほど昇った時、階下の居間の電話の鳴るのが聞えた。箱を抱えたまま、息子は階段の途中で立ち止り、下からの呼びかけに備えた。

予想したとおり、電話は園部からのものだった。頷きながら、妻が差し伸べる電話の子機を階段の途中で受け取った息子は、段ボールの箱をすぐ足許に置いて子機を耳に当てた。

――まだ少し早いとは思ったのだが。

――その通り。例の手島の原稿だろう？

息の洩れるらしい曖昧な言葉が聞き取れた。

――たった今、箱が届いてな、二階でゆっくり読むつもりで、階段を昇る途中なんだよ。

――ごめん。電話が早過ぎたな。

――もっと多いかと思ったのだが、このくらいなら、あまりかからずになんとか読めそうだ。

――筋張って、読みにくい変な字だがな。

――昔からだ。覚えているよ。それで、これが整理して出て来たものの全部なんだな。

――そういう話。日記みたいなものや、受取った手紙なんかは別にして。

――日記か……。日記は、まあ、別にして……。

息子は呟くように応じていた。あまり本人に身近なものには触れたくない、という気持ちが身の内に動くのを感じた。読んでみたいという興味はあったが、同時に、疎ましさもそれと同じ程に生れていた。学生時代に自分の書いた古い日記を後に読み返す機会があった時に覚えた羞恥と自己嫌悪の感触が生々しく蘇って来るのを覚えた。他人の日記は自分の書いたものほどは疎ましくないのかもしれなかったが、その領域までは踏み込まぬ方がよい、との警戒心が働くのを息子は意識した。

――日記はだから、中にはいっていないって。

園部の苛立ちを滲ませた声が子機の中に響いた。

——わかった。賢明なる奥さんがそれは外したんだ。

——さあ、どうかねえ。しかし遺稿集なら、もし日記がはいってもおかしくはないんじゃないの？

——抜粋とか、部分的な収録とか、やり方はいろいろあるだろうけどな。

——日記はなかったが、そのかわり、手記みたいなものがあったろう？

——まだ箱の中身を見ていないんだ。ノートのようなもの？

——ノートから破り取ったらしい紙に書かれている。

——昔、同人誌にでも出すつもりだった原稿か。

——わからん。子供の頃のことが書かれているみたいだが……。

——少年時代？

——そのあたり。

——国民学校とか、集団疎開とか？

——手島は引揚げ者ではなかった？

——あ、そうかもしれん。旧制中学が新制高校に変る前後の転校生で、どこか関西の学校から移って来たんだ。

——あの頃は、そういう生徒が幾人もいた。なぜだか、その連中、意外にみんな成績がよかった。

笑っているらしい園部のぼやけた声が子機の奥で揺れているようだった。

——すると、手島の引揚げ体験が書かれている？

——もっと前。

——中国か、満州か、大陸に渡る前のこと？

——そう。一度だけあいつ、引揚げの時の記憶、俺達の同人誌に書いたような覚えがあるが……。

——覚えていないな。

——短いもの。一ページかそこらの。小さな弟の手を引いて、鉄橋を渡る時の怖さの話。

——あ、読んだかな。足の下の方に河の流れが見える話か。

——そう、そいつよ。俺も、そこだけをな。

園部の嬉しそうな声が子機の中に響いた。

——その原稿の、下書きみたいなものだったのかもしれん……。他にもそんな断片らしきものが何かあったか。

息子は子機の中の園部に問いかけた。

――特に気のついたものは、なかったが……。

園部がそれだけ答えると、子機の中は急に誰もいなくなったように静かになった。少し待っても反応がないので、息子は慌てて子機の奥に呼びかけた。少しの間があいてから、園部はまた子機の奥に現れた。

――どうした？　具合でも悪いか？

――大丈夫。そう簡単にはおかしくならん……。

答える声に力がなかった。お前の追悼文集なんて、出すのは嫌だぞ、という呼びかけが咽喉もとまで込み上げて来るのを息子は抑えた。

電話を切ってから、彼はゆっくり階段の途中に立ち上った。気づかぬうちに、段ボールの箱と並ぶようにしてそこに腰を下していた。

立ち上っても、特に見えるものは何もなかった。階段の昇り口に置かれた白いビニールの籠の中に玉葱の茶色の皮の重なり合う様が認められるだけだった。

12

ヨッコラショ、と老いたる息子は腰を下していた二階への階段の途中から立ち上った。園部から送られて来た段ボールの箱はさほど大きくも重くもなかったが、運ぶのも難しいほどの荷物であるかの如く彼はそれを扱いたかった。

そして大雑把な分類や一部を読んでみる程度の仕事なら、階下の居間で充分にこなせる筈なのに、彼は誰もいない二階の静かな部屋で箱の中身と対面したかった。

自分の家に手島が来るのは、高校生の頃以降はじめてかもしれぬ、と彼は遠い日のことを振り返った。学内で起った政治的色彩のある運動が問題となり、それを巡って生徒の一部と学校側が対立し、予想以上にこじれた結果、校則違反として五人の生徒が停学処分を受けた。その中の一人に含まれていた手島が行き場のないまま、同人誌の仲間としてつき合いのあった彼の家へ、同じ処分を受けたもう一人の仲間とともに予告もなしに訪ねて来たのだった。

停学中と聞いて同情した母親が、せめて空腹くらいは満してやりたいと考えて作ってくれたらしい夜の食事を少年達は共にした。父親の帰りが遅い日でよかった、と思ったのを昨日のことのように息子は覚えている。自分達がまだ十代の半ばだったのだから、あれから既に半世紀を超える歳月が過ぎている、と考えて息子は重い息を吐いた。

かつて子供部屋として長男が使っていた四畳半のフローリングの部屋を整え、会社を退いた後は自分の書斎として利用しよう、などと考えていたのに、結局は空室となったまま放置されることになったひんやりと静まる部屋に彼は段ボールの箱を運び込み、机の上にそれを置くと、久しく使われていない電気ストーブのコードを電源につないでスイッチを入れた。

鈍い音とともに埃の焦げる匂いが漂い、ストーブの中が赤くなるのを確かめてから、息子は段ボールの箱を密閉しているガムテープを剝がしにかかった。おそらくそれは手島の未亡人の手によるものではなく、いわば中継ぎの役を務めた園部の仕事に違いない、と想像しながら、縦横厳重に貼られた樺色のテープを息子は丁寧に箱から取り除いた。

おい、手島、と箱の中に声をかけるようなことはしなかった。同人誌のメンバーとはいえとりわけ親しい仲でもなかったし、むしろ誰に対しても一定の静かな距離を保とうとするような姿勢の見える手島であった。箱をあけた息子はその中の冷えた空気を黙って胸いっぱいに吸い込み眼を閉じた。その直前、書類袋の間に小さな緑の葉をつけた、指の爪先ほどの長さの小枝が挟まれているのに気がついた。葉の間に薄緑の小さな粒が幾つか隠れている。それが未亡人の添えた物であるか、園部によって箱に入れられたものであるか、息子には判断がつかない。どうしよう、と迷いながら幾つかある書類袋を箱からそっと取り出して机の上に並べるうち、その細い針金細工にも似た微小な枝はたちまち重なり合う紙の群れの間に紛れ込んで姿を消した。

箱の中にあったのは、紙質の悪い原稿用紙に鉛筆でなぐり書きにした文章の断片の如きメモの一群を収めた書類袋、幾冊かの手帳、始めの数ページしか書かれていない大学ノート四、五冊と、返却されたレポートかと思われる黒い紐で右肩を綴じられたやや厚い紙の束などだった。それらを丹念に読んでいけば、あそこにもここにも手島が隠れているような気がする一方、その中のどこにも本当の手島はもういないような不安を彼は覚えた。園部と共に自分が今関ろうとしている仕事は、どれ程の意味があるのか。発掘される本人である手島はそのことを喜んでいるか。迷惑に感じることはないのだろうか――。

混乱しつつ紙の群れを掻き廻すうち、短歌らしきもの、詩の断片らしきものを記した紙片にぶつかり、息子はほっと息をついた。その内容に注目したというのではなく、詩や短歌のかけらともいえそうなものの中に、いかにも少年らしい強張った表情や青白く固まった姿勢が窺われるからだった。忘れてしまっているが、誰に対してもどこかに控えめな空気を漂わせている手島の少年時代の影が、ふっと浮かんで息子の前を過った。

箱の底から現れた軽い書類袋に手を入れて、彼はそこにしまわれていた茶色の罫の数枚の原稿用紙を取り出した。下書きらしい、書いたり消したりした跡のある鉛筆による数枚の原稿を目にすると、それが園部が電話で告げた手島の引揚げ体験を綴った短い文章であるらしいことはすぐ察知された。幼い弟の手を引いて鉄橋の上を渡る折の足下の光景と恐怖が生々しく浮かんで来る。それはただ子供が汽車の鉄橋を歩いて渡る話ではなく、どこかからどこかへと逃げて行く途中の体験を綴った文章であるらしかった。何故か大人の姿は全く見えなかった。同人誌に載せた折の原稿がどうなったかは不明だが、書かれている内容からみて、その茶色い罫の古びた原稿用紙が同人誌で読んだ短文の下書きであるのは明らかと思われた。そして何故かその中に、間違いなく手島本人のひそむしめやかな空気が立ちこめている、と感じられた。

この文章に再会しただけでも、手島の残した古い資料を手にしたことの意味はあったのかもしれない、と考えながら、彼はなに気なく軽い書類袋を取り上げて逆さに振った。もう空っぽと思われていた袋の中から、一枚の白い紙が机の縁をかすめて床に落ちた。原稿用紙ではなく、便箋のようなサイズの白い紙だった。書きかけて出さなかった手紙だろうか、と想像しながら彼は床に落ちたその紙を拾い上げた。

読み始めようとすると、頭の奥の暗がりで澄んだ音が鳴っているような気がした。決して大きな音でも激しい響きでもなかったが、鋭く高い音が鳴り続けて止まない――。

それは弟の小さな手を引いて汽車の鉄橋を渡る、同人誌に書いた文章に繋がる断片であるらしいと想像された。しかし鳴り始めた音が少しずつ身に迫って来る感じが生れたのは、床に落ちた一枚をゆっくり読み始めた時だった。予想に反し、それは前に読んだ引揚げ体験を綴った短文とは別の、メモ書きらしい記録だった。

大学のキャンパスの植込みに躑躅の花の咲き乱れる光景が短く描かれていた。それを取り囲む芝生の上で、講義の終った教室から出て来た学生達はよく顔を合わせた。そんな折に自分がふと口に出したことについて、手島は何かを迷い、苛立ち、悔やんだり、焦ったりしているらしかった。はっきりとは書かれていなかったが、その断片的な記述や単語の集りが何を指しているかのおよその見当はつけられた。

ゼミナールのテーマや教授の名前が記されているところから、手島がそこでどのようなことを考え、何を伝えようとしたかの想像はついた。

思想検事として父親がまとめた分厚い内部報告書の存在やそのテーマ、タイトルなどを伝えてくれた手島の表情が、突然鮮やかに蘇った。当時の思想検事が書いたものとしては比較的良心的で、興味深いものだ、との教授の評言を芝生の上で伝える時、なぜか羞恥に近い複雑な色が彼の顔に滲んでいるのを見て、当の検事の息子はうろたえたのを覚えている。他家の息子と父親との間に、部外者である自分が横から割ってはいることへの躊躇いが、手島の中からそんな反応を引き出したのか、と息子は想像するしかなかった。そしてその想像というよりむしろ憶測に近いものが、父親の分厚い報告書について手島から更に詳しいことを聞き出そうとする息子の気持ちを抑えたまま、時が過ぎてしまったのかもしれなかった。

大きく息をつき、老いた息子が書類袋にはいっていた紙を戻そうとして中を覗いた時、もう一枚の葉書大の紙片が底の内側に張りついているのを息子は発見した。

——勿体ぶるなよ。

思わず声に出して苛立ちを洩らしながら、息子は書類袋の底から、メモ帳を一枚引きちぎったような黄ばんだ紙片を取り出した。

そこには万年筆の掠れ気味の線や文字が、縦横に乱れつつ絡まり合って拡がっている。これまで書かれていたものは、意味は曖昧でも文字は連って何かを伝えようとする気配は伝わって来たのに対し、黄ばんだメモ用紙に見られるのは、枯れかけた蔓草か乾いた蜘蛛の巣の如きものが気ままに紙の上に投げ出されただけであるかのように目に映った。

破れかけた模様にも見える線の絡まりを見詰めるうち、その錯綜の中から幾つかの数字らしきものが浮かび上って来るのに気がついた。どうやらそれは、過ぎ去ったある年の五月のある日を記したものであるらしかった。目が慣れるに従って、当時の満州国の地名が線の絡まりの奥から現れた。そして突然、「治安維持法」という五文字が、重なり合う濃淡のインクの線を押し退けるようにして出現した。なぜかそれは、ゼミナールにおける学生の発表や討論に登場する歴史的資料としての法律の名称などではなく、より身近な個的な匂いを放つ語句であるかの如く感じられた。新聞やテレビの画面で見かけるのとは違い、通りがかりの家の門柱などにひっそり記されている、そこに住む人の苗字や名前を示す表札の湿った文字の連なりのように目に映った。園部を介して送られて来たこの段ボール箱の中にはいっているのは一体何なのだろう、と息子は重い息を吐いて箱の中をあらためて眺め廻した。机の上にあるのは、まだ温まらぬ空気だけを入れた空箱だった。

——お茶でもいれます?

妻の声が階段を昇って来て扉の隙間から届いたようだった。

——降りるから、下で飲むよ。

我にかえったように階下に答え、息子は机の上一面に拡がっている紙類をそっとまとめにかかった。

原稿用紙の間に手島がいた。便箋に似た紙の上に手島がいた。そして葉書大のメモの中に手島は隠れているようだった。メモの謎めいた線と文字らしきものとの絡まり合いの奥深くから、手島の息を殺して蹲る気配が伝わって来る——。

ここだよ、俺が本当にいるのは、ここだよ。耳を澄ませてそんな囁きを聞こうとするうちに、また時が経ってしまったらしかった。

——寒いですよ、今日は。

扉を押し開けて部屋にはいって来た妻は、盆にのせた湯呑茶碗を机の上に置こうとして、大小様々な紙の氾濫に怯んだようだった。

降りると言ったのに、と妻に答えながら彼は机一面に散らばっている紙を、注意深く重ねながら湯呑茶碗を受け取った。

——お茶が冷めてしまうもの。ちっとも降りて来ないから。

——園部が言っていた手島の書いたもの、それを送って来た。

——手島さんの奥さんから?

——いや、園部から。あいつがいわばこの件の編集長だから。

——貴方は?

——編集助手というあたりか。

――若い頃のものなの？

――少年時代からあるらしい。

――それで、面白い？

曖昧に答えながら、息子は蔓草に似た謎めいた線の絡まり合う一枚の黄ばんだ紙を妻の前に差し出した。

――これが何か、わかるかい？

――見たことがあるわ、こういうの……。

――見た？　どこで？

――文房具屋。ボールペンやシャープペンシルの試し書き用の紙。

――書かれているのは、ただめちゃくちゃな線だけみたいな奴だろ？

――漢字も混っていたみたいよ。「拝啓」とか、「草々」とかね。

――買ったペンでそう書くわけか。

――あ、フランス語もあった。

――何が書かれていた？

――たしか、シャンソンの歌詞の歌い出しのところ。

――きざな客だな。学生か……。

——あ、ここにも、漢字はあるんじゃない？

手にした紙を振るようにして妻が言った。

——読めるか？

わからない、とさして残念でもなさそうに答えた妻は、ふと口調を変えて呟いた。

——これ、あなたの名前じゃないの？

どこが、と思わず問い返した息子は、妻の手から黄ばんだメモ用紙を摑み取っていた。先刻発見した「治安維持法」という五文字の陰から、言われてみれば苗字らしい二文字が斜めに身を乗り出そうとしているようにも見える。

それが高校以来の同人誌の仲間であった一人の友人を指す姓であるのか、それとも大学生となってからゼミナールの参考資料として教授に示された、戦時中の司法関係の内部報告書の筆者を示す姓であるか、の判断は彼にはつかなかった。

一つの姓が二人の人物を示すことがある事実に彼はあらためて気がついた。考えてみれば、その事情は母や兄にもあてはまり、より広げて妻や子供達についても変らぬ筈だった。

にもかかわらず、ここに顔を覗かせようとしている姓は、ただ父親と次男坊である自分との二人だけを結びつけるものであるとしか彼には感じられなかった。

もしかしたら、手島の中で当の父親とその息子とは一体の如く感じられていたのか、と彼は疑った。それともゼミナールの資料となった報告書をまとめたどこかの一人の検事が、たまたま自分の同人誌仲間の父親であった、という偶然の出来事にぶつかったに過ぎないのか――。

老いた息子は首を横に振って厚手の湯呑茶碗に手を伸ばした。冷めてしまう、と妻に言われたが、彼の好みの玄米茶は香ばしい香を放ってまだ充分に熱かった。

――園部には、近いうちに一度会わなければならんだろうな。

――あの人、自分の身体は大丈夫なのかしら。

――さあ……。とりわけ変りはないんじゃないか。

――電話の言葉がね、前よりもっと聞き取りにくくなったわ。

――もともと、どこかから息が洩れるみたいな話し方をする奴で、発音不明瞭なところはあったんだが。

――一段とひどくなっている、それが。

妻が断定的に言った。

――そうかな、みんなまあ、少しずつはおかしくなっている。

――だめよ、負けたら。

——何に負けるんだ？

——お隣を見て御覧なさい。

妻は壁越しに隣の家の方に小さく首を振ってみせた。

あれはね、あれは、と曖昧に呟きつつ、老いたる息子はそこからは見えない隣家の方へ目をやった。父の書斎の書棚の高い段の隅に三冊、ひっそりと肩を寄せ合って立っている分厚い報告書の黄ばんだ背表紙が見えた。

——頭もはっきりしたまま、ああして毎日暮していることが、大変なのよ。

——それはまあ……。

——負けていないから、あの歳になっても二人揃って暮しているんじゃないの。

——揃ってはいるけれど、少し怪しくはなっている。親父は幾つになったんだ？

——自分の親でしょ、自分で数えなさい。

——九十代にはかかっている。

——手島さんは幾つでなくなったの？

——会社に役員定年という年齢がある、と聞いた覚えがあるが、七十くらいだったか……。

——今でいえば、まだ若くてなくなったのね。

――……まあ、な。

――あなた、手島さんに何か恨まれていることない？

妻が遠いものでも見詰めるような目つきになって、机の上の空の段ボール箱を覗こうとしているかに見えた。

今迄の遊びを孕むような断定的な口調が消え、疑心暗鬼とでも呼びたいあやふやな表情が妻の顔を浸していることに夫は気がついた。

――恨まれる？　俺が？

そうよ、と妻は固い物でも嚙むような表情を口の辺りに漂わせて頷いた。

――十代の頃からの友人ではあるけれど、園部などに比べたら距離のあるつき合いだったし、なにか縺れるようなことの起った覚えはないな。どうして突然そんなことを？

――ここにあるものを見ていたら、ふっとそんな気がしただけだけど……。

――親父の書いた報告書を見た時、お遍路さんみたい、と言われたのは憶えているけれど、そしてまあ、うまいことを言う、と感心もしたけれど、今度はちょっと、違うな。外れている。

――ごめんなさい。ふとそう感じただけだから。

うん、と頷いた息子は、まだ机の上に残された手島の書いたノートや原稿用紙やメモの紙片などをさりげない手つきで箱の中に戻し始めた。

手島の様々な遺稿を入れた段ボール箱を開けて中身に触れた後も、その送り主である園部に、老いたる息子は直ちに連絡を取ろうとはしなかった。荷物が届くか届かぬかに電話をかけて来た性急な相手に対し、とりあえずの応答はせねばならぬと思いつつ、気が重いままに息子はそれをしなかった。手島の残したものの扱いようが判らず、疑問や戸惑いが生れてそれを言葉にするのが難しかった。そして、手島に何か恨まれていることはないか、との妻の根拠もない言葉が、一層彼の混乱を深くした。

それでももしかし、黙ったままで過すわけにはいくまい、という焦りからようやくかけた電話に、園部の家が留守番電話に設定され、メッセージを残すようにと告げる声が受話器から聞えると、彼はなぜか狼狽して言葉を失い、逃げるように電話を切ってしまったのだった。

翌日、気を取り直して園部にかけた電話に、前回と同様メッセージを残せとの女性の事務的な声が返って来た時、息子は手島の残したものの扱いについて、園部と急いで連絡を取ろうとすることを諦めた。かつても、会社の同僚であった男と連絡を取る必要が生じた時、相手の家へ幾度電話しても留守番電話の設定に拒まれて諦めたことがあった。少し後になって判ったのは、当時相手は入院中であり、妻は病院に詰めて家は留守が続くという事情であった。結局本人はそのまま病院から自宅へ帰ることはなかった、との記憶が妙に生々しく蘇った。園部の身体の調子を考えると、これ以上留守番電話とつき合うのは避けようとする気持ちが強く湧いた。

落着かぬ気分のまま、老いたる息子は幾日かを過した。手島について、妻と話すことは避けたかった。時折妻は、夫が考えもしなかったようなことを口走り、時にそれが意外に的を射ていたのに後から気づいて驚くといった覚えがあったからだ。手島との関りや園部との絡みについて、これ以上横から口を挟まれたくなかった。それは少年時代の時間の中へ、他人である大人から手を突込まれたくない、といった気持ちに通じているらしかった。

段ボールの箱を二階の部屋に閉じ込めた気分のまま、日が過ぎるようだった。自分が奇妙な隙間か割れ目の間にでも落ち込んでしまったような思いが次第に濃くなって来る。

春一番も吹き、次第に季節の移り変りが目に見えるようになったある日の夕暮れ、老いたる息子は日課としている散歩に出た。幾通りかのコースのうち、小学校の少し先まで歩きグラウンドの塀を半周して帰る最短のものを選んで帰って来た息子は、自宅の門の前で買物に出ようとする妻にぶつかった。

——電話があったわよ、あなたに。

道に出た妻は、入れ替りに門扉の中にはいろうとする彼に言った。

――園部から？

――違う。御主人いらっしゃいますか、と訊いて、今いないと言ったら、すぐ切れた。

――誰だろう？　名前も言わなかった？

――言わない。ちょっと男か女かわかりにくい声だった。

彼女かもしれない、と咄嗟に思った。何の根拠もない推測だったが、一方に確信もあった。こんな時こそあの人と話したい、という願いが通じたのではないか、と彼は想像した。そんなことを考えていたわけではないのに、壺の蓋をいきなり取られると中に溜っていた発酵物が一気に溢れ出たかのように彼の思いは噴出した。

――誰かな、そんな声の人は思い当らないが……。

彼は用心深く答えた。長い塀の続く道の先にある、どこかコッテージ風の家に独り住む女性の声は、電話線を通じるとどんなふうに聞えるか、と想像したが見当はつかなかった。

――用があれば、またかかって来るわよ。鍵は持っていますね。

妻は穏やかに応じて駅前の商店街に向けて歩き出す。

父の家の廊下にある人影のない安楽椅子にちらと目をやってから、息子は自分の家にはいろうとしてポケットに鍵を探った。

気がついたのは、その時だった。検事の娘であると告げた彼女は、彼の家の電話番号を知らない筈だった。コッテージ風の家でその番号を求められて伝えた彼女に息子が自分の番号を伝え返そうとした時、要らない、と断られた経緯を彼は思い出した。お茶の水での初対面の折にも、似たようなことがあった。理由はわからなかったが、彼は彼女の古い住所やコッテージ風の家の電話番号などを教えられながら、自分の側の知識は相手に一切拒まれていた。その理由はわからなかったが、なぜか自分だけが相手の前で裸になっていくような気分を覚えたのだった。しかしそのおかげで、彼は彼女の住む小住宅の電話番号を手に入れていた。

老いたる息子はドアの鍵をあけ、家の中にはいるや否や居間の電話機に手を伸ばそうとした。そして肝腎の番号は頭の中ではなく、小さく畳んだメモ用紙に記されて名刺入れの奥にしまわれていることを思い出した。居間の書棚の下の引き出しからそれを取り出し電話機のボタンを押すまでにしかし時間はかからなかった。

もしもし、と穏やかな声が受話器の中に響いた。応答するというより、そこに電話機があることを宣言するかのような声音だった。それでもこちらの名前を告げると、しばらくね、お元気？　と問いかけて来ることに彼はほっと息をついた。

——元気ではありません。

――そういう声だわ。
――お訊ねしたいのですが、貴女は人に恨まれたことがありますか？
――自分ではわからない。でも、苛めっ子だったから。
――人に恨まれるような？
――わからない。恨みに思っている人もいるかもしれない。
――もし居たら、どうします？
――必要なら、謝ります。
――許してもらえますか。
――さあ、その人に訊いてみなければ。
――もし許してもらえなかったら？
受話器の中に短い間があいた。
――あなた、御自分のことを話しているの？
――半分はそのつもりですが。
――残りの半分は？
――自分ではないけれど、近い人。
――何の話かわかるような気がする。私もそれに似たことを考えた覚えはあるから。

――どうしました、それで。

――居ないから、訊けなかった。

受話器の中にまた間があいた。

――忠告なんて、しないわよ。でも、もし出来るなら、相手御本人が何をどう思っているか、それをじかに訊く方がいい。

――訊けないだろうな……。

――私もそう思う、訊けないだろうって。でもね、だから、訊く方がいい。

――考えてみます。苛めっ子の話は参考になった。

――駄目よ、そんなものを参考にしたら。

蕾をつけた庭の木々の様子などを短く伝えた後、ろくな挨拶も告げずに電話は切れた。最後に何か一言つけ加えたようでもあったが、声が遠く聞き取れなかった。

その夜の十一時過ぎ、チャイムの音に玄関の扉を開けると、冷えた夜気の中に母が立っていた。父が急に発熱して痙攣が始ったので、救急車の手配は今すませた、これから病院へ行くけれど、一緒に来てくれるか、と母は意外に落着いた声で息子に確かめた。行くよ、と答えた息子は部屋着の上にコートを羽織り、散歩用の靴をひっかけた。

私も行こうか、と身形を整えようとする妻に、何かわかったらすぐ連絡するから、それまでうちで待機してもらった方がいい、と告げた。遠くの角を曲って来るらしい救急車のサイレンの音が闇の中から次第に近づいて来る。昼間、あんな電話をかけなければ良かったのか、と悔いながら老いたる息子は更に老いたる父を病院に運ぶために、黒いガウンに包まれたまま隣家の居間のソファーに蹲っている父親に近づこうとした。うちに居るのは、もう無理なのかしらね、と呟く母の低い声が息子の耳を掠めた。

■初出
連作小説「流砂」として、『群像』二〇一二年二月号から二〇一八年四月号まで断続掲載。

黒井千次（くろい・せんじ）
1932年、東京生まれ。東京大学卒業。富士重工業に勤務し、企業内の人間を描いた「時間」で1970年に芸術選奨新人賞を受け、作家生活に入る。1984年に「群棲」で谷崎潤一郎賞、1995年には「カーテンコール」で読売文学賞を受賞。2000年に日本芸術院賞。同年芸術院会員。2001年に『羽根と翼』で毎日芸術賞受賞。2002年日本文芸家協会理事長。2006年『一日 夢の柵』で野間文芸賞受賞。現代人の内面を精緻に描き、「内向の世代」の作家といわれる。2014年日本芸術院長。同年文化功労者。ほかに『時の鎖』『走る家族』『五月巡歴』『春の道標』『たまらん坂』『高く手を振る日』『働くということ』『老いのかたち』など著書多数。

流砂《りゅうさ》

二〇一八年一〇月二二日　第一刷発行
二〇一九年　二月　一日　第二刷発行

著者——黒井千次《くろいせんじ》

発行者——渡瀬昌彦
発行所——株式会社講談社
東京都文京区音羽二—一二—二一
郵便番号　一一二—八〇〇一
電話　出版　〇三—五三九五—三五〇四
　　　販売　〇三—五三九五—五八一七
　　　業務　〇三—五三九五—三六一五

印刷所——凸版印刷株式会社
製本所——株式会社若林製本工場

ISBN978-4-06-513309-5